KB062515

19세

19세

초판 1쇄 2022년 1월 5일

글쓴이 | 이순원
펴낸곳 | 도서출판 단비
펴낸이 | 김준연
편집 | 작은배
디자인 | 구민재page9
등록 | 2003년 3월 24일(제2012-000149호)
주소 | 경기도 고양시 일산서구 고양대로 724-17, 304동 2503호(일산동, 산들마을)
전화 | 02-322-0268
팩스 | 02-322-0271
전자우편 | rainwelcome@hanmail.net

ⓒ이순원, 2022

ISBN 979-11-6350-057-5 43810

값 12,000원

19세

이순원 장편소설

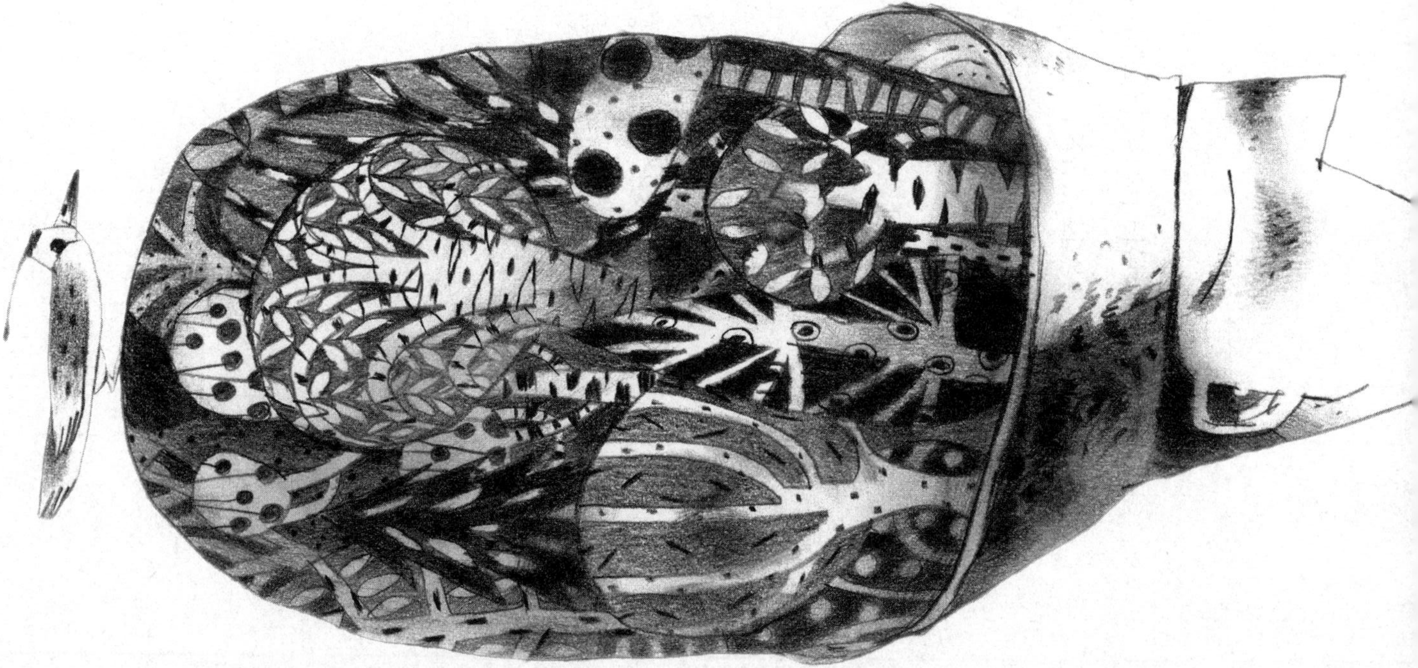

단비
danbi

이 세상의 모든 아이들은 어른이 되기 전 소년과 소녀로 자랍니다. 저마다 사춘기를 겪고 청소년기를 겪습니다. 그런 성장 속에 소년은 소녀를 만나고 소녀는 소년을 만납니다. 실제로 우리의 청소년기에 그런 영화와 같은 만남이 없다 하더라도 마음속으로 소년은 매일 소녀를 그리워하고 소녀는 또 소년에 대해 궁금하게 여깁니다.

여자들의 몸은 우리와 어떻게 다를까.

여자들의 생각은 또 우리와 어떻게 다를까.

내가 매일 여자들의 몸과 마음을 궁금해 하듯 저 소녀들도 그럴까.

이 세상 소년들에게 그것보다 더 궁금한 것도 없습니다.

또 그것을 깨달아가며 조금씩 어른이 되어갑니다.

이 소설 속의 소년은 누구보다 빨리 어른이 되고 싶어합니다. 그래서 고등학교를 다니던 중에 학교를 그만두고 어른들을 따라 대관령으로 농사를 지으러 갑니다. 그곳에서 성급한 일탈을 통해 남보다 일찍 어른들의 세상을 배워갑니다. 무엇이 이 소년에게 그토록 성급하게 어른이 되고 싶어하게 했을까요.

소년은 때로는 용감하고 때로는 무모합니다.

무엇이 이 소년을 그토록 빨리 어른이 되고 싶어하게 했는지, 그의 몸은 어떻게 성장하고 마음은 어떻게 성장했는지. 어쩌면 그것은 그 시기 다소 불량했던 내 모습이기도 하고, 지금도 어른들로부터 많이 억눌려 있는 요즘 청소년들의 모습인지도 모릅니다.

13세에서 19세까지,

이 소설의 주인공과 같은 나이의 청소년들이 그의 모험과 고민을 자신의 고민으로 유쾌하게 읽어낼 수 있도록 이야기를 많이 다듬었습니다.

한때 나였던 소년을 이제 여러분이 지켜보는 무대로 내보냅니다.

소설가 이순원

차례

1

콘사이스여, 안녕

어떤 사람들은 열세 살이 되기 전에 이미 앞으로 자신이 알아야 할 어른들 세계의 모든 것을 알았다고 말한다. 그 나이로 성장이 멈추었다고 말하기도 하고, 삶에 대해 이제 더 알 것이 없어졌다고 말하기도 한다. 그들이 말하는 '알았다' 는 것이 '어른들 세계'의 어디까지를 포함하는 것인지는 알 수 없으나, 세상 어느 구석에나 그런 조숙한 천재들과 그 천재들을 조숙하게 만드는 환경이 따로 있는 모양이다.

그런 쪽으로는 아니지만, 어릴 때부터 공부에 관한 한 늘 천재 소리를 듣던 형은 틈만 나면 내게 놀리듯 말했다.

"너, 그걸 알아야 돼. 머리가 안 좋으면 평생 고생이다."

혹은,

"머리가 안 따라주면 나중에 손발이 일찍 고생하는 수밖에 없는 거지.”

형은 중학교 때에도 학력경시대회에 나가 도 수석을 차지했고, 고등학교 때에도 전국모의고사에서도 수석을 차지한 적이 있었다.

처음엔 나도 지지 않고 말했다.

“그러지 마. 나도 할 만큼은 해.”

“야 임마. 촌 고등학교에서 할 만큼 하는 것하고, 전국모의고사 도에서 1등 하는 것하고 같냐?”

나중엔 더러워서 내가 입을 다물고 만다. 천재하고 한 지붕 아래에 살면 그것 자체로 삶이 피곤하다는 걸 나는 그때 이미 알았다. 내가 남들보다 조금이라도 일찍 깨달은 것이 있다면 주로 그런 것이었다. 천재는 피곤하다. 말이 많다. 스스로 손발 쓰는 일을 지독히도 싫어해 동생에게 물 떠오라는 심부름을 잘 시킨다. 나설 때와 안 나설 때를 가리지 않는다. 남 기분 나쁜 소리만 골라서 한다. 늘 입만 가지고 모든 것을 해결하려 든다. 이론만 강하지 실제는 맹탕이다. 일일이 열거하자면 그것도 끝이 없다.

열세 살 때 나는 중학교 1학년이었다. 그해, 내가 중학교에 들어가고 형이 서울에 있는 대학에 들어가며 나는 비로소 한 지붕 아래의 천재로부터 해방되었다. 아마 나만큼 형의 합격을 진심으로 기원하고(그렇게 잘났으니까 어련히 합격하랴만은 그래도 사람의 일이란 언제 어떤 실수가 있을지 모르니까) 기뻐했던 사람도 없을 것이다. 그동안 형은 사사건건 내 머리를 나무라고 손발을 동정했다. 서울로 올라가기 전에도 형은 내게 그런 말을 했다.

"나 없더라도 공부 열심히 해 임마. 머리가 안 따르면 나중에 손발이 고생하니까."

인정하고 싶지 않지만, 어쩌면 형은 남보다 일찍 시작될 내 손발의 고생을 미리 알았던 것인지 모른다. 그러나 아직은 중학교 1학년이었다. 그것도 남들보다 한 해 빨리 학교엘 들어가 그렇게 된 것인데, 그때 내가 알았던 세상은 얼마만한 크기였던 것일까. 한 번도 그 크기를 재본 적이 없는 것 같다. 그때의 내 얼굴조차 가물가물하다.

중학교에 입학할 내 키는 140센티미터가 채 되지 못했다. 교복 바지도 두 번 걷어올려 입었다. 윗도리도 손을 내리면 거의 도포 수준이었다. 그래도 오래 입어야 하니까 어머니가 무조건 큰 걸 사 입힌 것이다. 거기에 월요일부터 금요일까지의 책가방 무게가 족히 4킬로그램은 넘었을 것이다. 처음 얼마 동안은 1주일 내내 그걸 한 번도 펼쳐본 적도 없고, 또 펼쳐볼 일이 없더라도 '동아 신콘사이스 영어사전'만큼은 꼭꼭 가지고 다녔다. 왜냐면 그것이 초등학교를 졸업할 때 학교 대표로 받은 교육장 상의 부상이었기 때문이다. 그러니까 이제 겨우 영어 스펠링의 대문자와 소문자, 또 그것의 인쇄체와 필기체를 배우던 첫 시간에도 나는 그 사전을 책상 한 귀퉁이에 올려놓았다. 왜냐면 그것이 선생님한테나 급우들한테 내가 누군지를 말해주는 훌륭한 증거물이었기 때문이다. 또 서울로 올라가기 전 영어 공부에 대해 형도 그렇게 말했다.

"영어 공부는 다른 게 없다. 영어가 안 든 날에도 사전은 꼭 가지고 다녀라."

그러나 형의 말을 들어서가 아니라 촌에서 왔다면 무조건 무시하려 드는 시내 아이들에 대해 나도 이 정도는 된다 하고 내세울 수 있는, 비록 조그마한 학교지만 그 학교의 대표로 받은 교육장 상의 부상이었기 때문이다. 자연 가방이 무거워질 수밖에 없었다.

거기에 학교를 오가는 길도 여간 멀지 않았다. 아침저녁으로 20리, 하루 40릿길을 빠른 걸음으로 매일 세 개의 큰 고개를 넘어 세 시간씩 걸어다녀야 했다. 고등학교 형들을 따라갈 때

면 팔뚝을 가방끈 사이로 끼워넣어 들고 연신 종종걸음을 쳐야
했다. 나중에 보면 뱀이 휘감은 듯 팔뚝에 가방끈 자리가 나곤
했다. 아침 새벽밥을 먹고 학교로 가 여섯 시간이나 일곱 시간
을 마친 다음 집으로 돌아오면 늘 저녁때가 되곤 했다. 세상일
을 생각할 겨를도 없이 저절로 녹초가 되지 않을 수 없었다.

그러나 마음까지 녹초가 되었던 건 아니었다. 처음엔 꿈도
참 야무졌다. 펼쳐보지도 않을 영어사전을 가방에 넣어 다니
며 어떤 식으로든 나는 선생님이나 급우들한테 내 자신의 존
재를 알리려고 애썼다. 작다고, 혹은 촌에서 왔다고 만만히 보
지 마라. 영어사전만으로는 성이 차지 않아 뭔가 남들 앞에서
크게 한번 잘난 척을 해보고 싶은데 그 기회가 영 오지 않는
것이었다.

그러던 어느 날 드디어 그 기회가 왔다.

"이 반에는 문교부 장관이 누군지 아는 사람이 있나?"

5월 어느 날 국어 시간이었다. 솔직히 지금도 교육부 장관
이 누군지 모르고 사는데 이제 갓 중학교에 들어간 놈들이 그
걸 알 턱이 없었다. 모두들 꿀 먹은 벙어리처럼 선생님의 얼굴
만 쳐다보고 있는데, 선생님이 묘한 힌트를 던지는 것이었다.

"문교부에서 발간한 책엔 장관 이름이 안 나오나."

아무도 손을 들지 않자 혼잣소리로 선생님은 국어책을 이리저리 살펴보았다. 나도 얼른 국어책의 제일 뒷장을 열어보았다. 그러나 펴낸이만 문교부로 나와 있을 뿐 장관 이름은 나와 있지 않았다. 그렇다면 다른 책엔 혹시 나올지도 모른다는 암시가 되는데, 저 혼자만 영악하고 저 혼자만 헛똑똑해빠진 내가 그 눈치를 모를 리가 없는 것이다. 나는 가방 속에서 얼른 다른 교과서를 꺼냈다. 생물과 물상을 한데 묶은 과학책이었는데, 거기에 바로 장관 이름이 나와 있는 것이었다. 겉장 제일 꼭대기 오른쪽에 '문교부 장관 검정필' 하고.

검 씨라는 성이 조금 이상하긴 했지만, 당장 우리 반에도 감 씨와 견 씨 성을 가진 아이가 있는데, 그런 성이라고 왜 없으랴 싶었다. 높고 훌륭한 사람들 중엔 더러 그렇게 우리가 잘 들어보지 못한 귀한 성을 가진 사람도 있는 법이었다.

나는 기운차게 손을 들었다.

"어, 그래도 이 반엔 아는 사람이 있네."

선생님도 반가운 얼굴이었고, 나를 쳐다보는 급우들의 얼굴도 역시 콘사이스는 달라, 하는 것 같았다.

"누구지?"

나는 '콘사이스'의 명예를 걸고 큰소리로 대답했다.

"우리나라 문교부 장관의 이름은 검정필입니다."

"검정필?"

"예. 책에 나와 있습니다."

나는 자신 있게 말하며 책상 위에 올려놓은 과학책을 들어 보였다. 아이들은 다시 역시, 하는 얼굴로 나를 바라보거나 성 급하게 가방에서 과학책을 꺼내들기도 하였다. 뭔가 이상하다 는 낌새를 느낄 사이도 없이 선생님은 바로 포복절도를 했다. 선생님이 왜 웃는지 나도 몰랐고 아이들도 몰랐다. 직감적으로 뭔가 틀린 대답이라는 건 알았지만, 그새 장관이 바뀌어 그럼 이건 그 전 장관의 이름인가 생각했다. 그래서 새삼 선생님이 교실에 와서 그것을 물은 것이고.

"으허, 으허, 그건 말이지. 문교부 장관의 이름이 아니라, 으 허, 으허…… 그 책을 너희들이 배우는 교과서로 문교부에서 검정을 필했다는, 그러니까 문교부의 검사를 받고 허락을 받았 다는 뜻이다. 그런 걸 으허, 으허, 문교부장관 이름이 검정필이 라고, 으허, 으허, 살다가 이렇게 배꼽 빠지게 웃는 날도, 으허, 있네."

그제서야 반 아이들도 와, 하고 책상을 치며 웃었다. 손을 들기 전 마지막까지도 검씨 성이 미심쩍기는 했지만 누가 그런 걸 알았나. 그게 장관 이름이 아니라 문교부 검정 교과서라는 뜻인지. 짜식들, 자기들도 몰라서 역시 콘사이스는, 하고 바라보던 녀석들이 선생님의 설명을 듣고 나선 모두 날 배삼룡 취급하려 드는 것이었다. 헤이, 검정필! 하면서.

나의 열세 살은 그렇게 지나갔다. 단 한 번의 잘난 척으로 장관의 이름을 바꿔준 것말고는 세상 어느 일과도 상관없이, 내가 그것을 들여다본 적도 없었고, 그것이 날 들여다본 적도 없이.

2

친애하는 나의 성교육 은사들

열네 살 때의 일에 대해선 좀 더 할말이 많다.

지난 1년 사이 나는 나도 모르게 키가 커졌다. 지난 가을부터 부쩍 몸이 커지는 걸 느꼈다. 하복을 입다가 동복을 다시 꺼내 입을 때, 두 번 걷어올려 입었던 바짓단을 하나 내렸고 2학년이 된 이듬해 3월, 다시 나머지 한 단을 내렸는데도 바지 아래로 복숭아뼈가 나올 정도였다.

지난 1년 사이, 아마 못 자라도 15센티미터는 더 자란 듯했다. 그리고 그해 가을에 다시 교복을 지어입지 않으면 안될 만큼 계속해서 키가 자라고 몸이 커졌다. 내 키가 160센티미터는 다 되는 것 같았다. 키만 크고 몸만 자라는 게 아니라, 목소리에도 변화가 오기 시작했다. 내가 느끼기에도 아이들 목소리에서 아버지들의 목소리를 닮아가고 있었다.

그런데 그 가을, 아주 심각한 고민거리가 생겼다. 자지에 털이 나기 시작한 것이었다. 며칠째 자꾸만 사타구니가 가려워 내 방에서 바지를 내리고 내려다보니 바로 거기에 털이 돋기 시작하는 것이었다.

헉, 벌써 이런 게…….

그때 얼마나 놀랐는지 모른다. 다른 곳도 아닌 자지에서 털이 나다니. 몸은 어른처럼 자라고 있어도 그때까지 나는 그렇게 몸이 자라면 우리 몸 어느 구석에 털이 난다는 걸 제대로 알지 못했다. 아니, 어렴풋이 알기는 했다. 그러나 그건 장가갈 나이가 된 어른들의 얘기지 열네 살, 열다섯 살 때의 일일 거라곤 꿈에도 생각해본 적이 없었다. 그 조그만 자지의 어느 구석에 털이 날 데가 있다고 말이지. 어른이 되면 코밑에도 수염이 나고, 턱밑에도 수염이 나고, 다리에도 털이 나는 건 그런 모습을 늘 봐왔으니까 알 수 있지만 거기까지 그렇게 일찍일 줄은 몰랐던 것이다. 더구나 내 코밑과 턱밑은 수염이 날 기미조차 보이지 않고 있었다. 시골에서 자라 목욕탕이라는 데를 한 번도 가본 적이 없었고(가마솥에 데운 물을 함지에 받아 했었다), 냇가에서도 동네 형들이나 어른들이 벌거벗고 목욕을 하는 모습을 본 적은 없었다. 아직 반 아이들 사이에서도 그런 얘기를 주

18

고받지 않아 더더욱 그런 일에 캄캄했다.

　이거 큰일인데…….

　어떤 털은 벌써 손가락 두 마디쯤 자랐는데, 그런 것들이 듬성듬성 자지 부근의 맨살을 파고 올라오는 것이었다. 그러느라고 그것이 그렇게 가려웠던 것이다. 보름 후면 수학여행을 가는데, 그런 몸으로 다른 친구들과 함께 잠을 자야 한다는 게 여간 불안하지 않았다. 다른 아이들은 다 맨자지일 텐데 만약 누군가 알게 된다면 그건 지난해의 '문교부 장관 검정필' 정도의 창피가 아니었다. 잠을 자다가 누군가 장난으로 바지를 벗기기라도 한다면, 그래서 누구 자지는 털이 났대요, 떠들기라도 한다면…….

　그날 저녁 나는 아버지에게 수학여행 이야기를 했다.

　"아버지."

　"왜?"

　"학교에서 돈 1,800원 가지고 오래요."

　"학교에서 돈은 왜?"

　"수학여행 간대요."

　"어디로 가는데?"

　"경주요."

"며칠이나?"

"두 밤 자고 온대요."

"언제 가는데?"

"다다음 주 화요일요."

"그런데 너는 무슨 말을 그렇게 하나?"

"이렇게 하지 않으면 어떻게 하는데요?"

"일일이 묻기 전에 차근차근 선은 이러이러하고, 후는 이러이러해서 언제까지 얼마를 내야 한다, 그렇게 말해야지."

"돈 문제가 제일 중요하니까 그것부터 얘기하는 거지요."

"언제까지 내는데?"

"다음 주 토요일까지요."

"그런데 니 어디 아프나?"

"아뇨."

"그런데 왜 어디 아픈 아 얼굴처럼 하고 있나?"

"아니래요. 아무것도."

"뭔 근심이 있나? 있으면 애비한테 얘기하고."

"아뇨. 학교 돈 언제 줄 건데요?"

"그런 건 에미하고 얘기하면 되지."

아버지와의 대화는 언제나 그런 식이었다. 아버지는 무슨

근심이 있느냐고 물었지만 다른 데도 아니고, 자지에 털난 이
야기를 어떻게 아버지에게 할 수 있겠는가.

그러면 다시 부엌으로 가 어머니에게 말한다.

"어머이."

"왜?"

"학교에서 돈 1,800원 가지고 오래."

"학교에서 그 돈은 왜?"

"다다음 주 수학여행 간대."

"어디로 가는데?"

"늘 두 번씩 얘기한다니까. 아버지한테 다 얘기했어. 아버지
한테 물어봐."

"그래도."

"경주."

"며칠이나?"

"두 밤 자고 온대."

"돈은 언제까지 내는데?"

"다음 주 토요일까진데 빨리 가지고 올 수 있는 사람은 빨
리 가지고 오래."

"학교 돈 갖다바칠 일만 재촉하지 말고 공부나 좀 그렇게

재촉해서 해봐라. 형처럼."

어머니와의 대화 역시 늘 그런 식이었다.

그나저나 자지 털 때문에 수학여행이 고민이었다. 다음 주화요일, 어머니한테 2,000을 받아 1,800원을 내고 200원을 거슬러 받던 날, 마지막 수업종이 울리기 전 교실 제일 뒷자리의 박승태를 꾀었다. 여름방학 바로 전, 승태가 이웃 여학교의 어떤 아이에게 편지를 쓰는 걸 본 적이 있기 때문이었다. 여자의 이름이 경환지 명환지 영환지는 알 수 없지만 승태는 분홍색 편지지 제일 꼭대기에 '미지의 희에게'라고 썼다. '미지'라면 얼굴도 이름도 모른다는 뜻인데, 경희니 명희니 영희니 하고 이름을 다 쓰는 것보다 짧게 한 자로 '희'라고 쓰는 게 더 멋있어 보였고, 또 그냥 '희'라고만 쓰는 것보다 '미지의 희'라고 쓰는 게 훨씬 더 멋있고 그럴듯하게 보였다.

"니 오늘은 배 안 고프나?"

"갑자기 배는 왜?"

"니 이따가 집에 갈 때 내가 진미당에 가서 빵 사주까?"

"야, 사주면 나야 고맙지. 그런데, 검정필. 니가 왜 나 빵을 사주는데?"

"그냥."

"그냥 왜?"

"우리는 한 반이니까 뭘 좀 얘기할 게 있어서."

"뭐 어떤 얘긴데?"

"그건 이따가 말할게."

같은 학년이어도 박승태는 우리보다 두 살이 많았고, 일곱 살에 학교를 들어간 나보다는 세 살이나 더 많은 열일곱 살이었다. 우리 때는 중학교도 시험을 봐 들어갔기 때문이었다. 지난해에도 승태는 우리와 함께 봤던 시험에서 떨어진 걸 간장 공장을 하는 승태 아버지가 뒤로 손을 썼다고 했다. 승태는 1학년 때에도 3학년들과 말을 트고 지내는 아이들이 많았다. 처음엔 우리와도 서먹하게 지내다가 재수해서 들어온 아이들이 승태와 말을 트게 되고, 또 우리와 재수한 아이들이 말을 트게 되다보니 나중엔 자연히 승태와 우리와도 말을 트게 되었다.

학교 앞 진미당에서 나는 50원어치의 찐빵과 50원어치의 도너츠를 달라고 했다.

"그렇게 많이?" 하고 오히려 승태가 놀라는 얼굴을 했다. 찐빵 열두 개(두 개는 덤)와 도너츠 열두 개였다. 자리도 일부러 제일 구석 쪽으로 잡았다.

"괜찮아. 많이 먹어."

"그래도 알고나 먹어야지. 니가 왜 나한테 빵을 사주는지."

그렇다고 곧바로 자지에 털난 이야기를 할 수는 없는 일이었다.

"승태야."

"왜?"

"니 어제하고 오늘은 잉크 먹기 내기 안 하데."

"그거야 전에 심심하니 장난으로 했던 거지."

누가 어디서 배워 들여온 것인지 교실에 그런 고약한 내기가 있었다. 다 쓴 볼펜심의 볼 심지를 뺀 대롱을 잉크병에 박고 서로 누가 잉크를 많이 빨아먹나 하는 걸로 빵 사주기 내기를 하거나 라면 사주기 내기를 하는 것이었다. 그러나 내기의 끝은 대부분 무승부이기 일쑤였다. 처음엔 서로 망설이다가 누군가 그것을 한번 입에 빨아들이기 시작하면 상대도 내기가 걸린 일이라 어쩔 수 없이 그것을 빨아들이게 되고, 그 다음부터는 둘다 이왕 버린 몸, 하는 식으로 잉크병을 바닥내는 것이었다.

"엊그제도 했었잖아. 지난 토요일에."

"그땐 내가 이겼는데, 호기심(원래 이름은 심기호. 그도 재수생이었다) 그 새끼가 얼마 먹지도 않고 자기가 많이 먹었다고 박박 세워가지고……."

"승태야."

"왜?"

"그걸 보며 나는 이런 생각을 했다. 니가 얼마나 배가 고프면 그런 내기를 할까 하고 말이지. 호기심이야 원래 호기심이 많으니까 그렇지만."

"재미로 그랬던 거지 배가 고파 그랬던 게 아니라니까."

"그래도 배가 고프니까 그런 내기를 하지. 빵 사주기 내긴데."

"그래. 배도 좀 고프고……."

"그런 내기를 하는 걸 보고, 그날 돈이 있었으면 나라도 니한테 빵을 사주었을 텐데, 그날은 내가 돈이 없었거든. 그래서 오늘 사주는 거야."

"야, 검정필, 고맙다. 우리반에 정말 니밖에 없다야."

"그리고 앞으로는 그런 내기 하지 말고. 재미로라도 말이지."

"그래. 그날도 나는 안 하려고 했는데 호기심 그 새끼가 자꾸 하자고 덤벼서 한 거야. 이름이 그래서 그렇나, 무슨 새끼가 호기심이 그렇게 많은지."

"많이 먹어. 오늘은 내가 그래서 일부러 사주는 거니까."

"그래. 정수, 니도 먹고. 이거하고 이거 한 앞에 여섯 개씩."

"아니, 니가 나보다 키도 크고 덩치도 크니까 일곱 개 먹어. 나는 다섯 개만 먹을 테니까."

"야, 검정필. 아니, 이젠 니를 검정필이라고 안 부르고 정수라고 꼭 이름을 부를게. 우리반 다른 애들도 니를 검정필이라고 부르면 못 부르게 하고. 이제 우리는 서로 친구니까."

"그래. 고마워."

"고맙기는 야. 니는 내가 잉크 먹기 내기했다고 이렇게 빵도 사주는데. 나는 니가 1학년 때 조그만해서 그냥 공부만 잘하는 줄 알았는데, 이제 보니 의리도 무척 많구나. 나도 니가 아직 몰라서 그렇지, 의리가 많거든. 니가 나보담 나이가 어려도 니처럼 공부 잘하는 친구하고 의리 맺으니 좋고 말이지."

찐빵과 도너츠 100원어치의 위력이라는 게 그런 것이었다. 이제 슬슬 본론으로 들어가도 좋을 듯싶었다.

"아니야. 공부는 내가 조금 잘한다 해도 니가 나보다 잘 아는 것도 많을 거야. 니는 나보다 나이가 많으니까 어른들 일에 대해서도 많이 알 테고. 그래서 친구간에 서로 모르는 거 가르쳐주면 되지. 공부는 내가 니 가르쳐주고, 그런 건 니가 날 가르쳐주고."

"그래. 다른 건 몰라도 그런 건 내가 니보다 더 많이 알겠다. 뭐 모르는 거 있으면 물어봐. 알고 싶은 게 있으면."

내가 아직 찐빵 두 개를 남겼을 때, 승태는 자기 몫의 찐빵 일곱 개와 도너츠 일곱 개를 게 눈 감추듯 했다.

"야, 이거 하나 더 먹어."

"괜찮아."

"아니야. 나는 이만큼만 먹어도 배가 불러서 그래."

"검정…… 아니, 정수야, 니는 정말 의리가 많다."

"여기 물도 마시면서……."

그렇게 찐빵 50원어치와 도너츠 50원어치를 먹어치운 다음 나는 승태 쪽으로 바싹 고개를 내밀고 작은 소리로 말했다.

"니 조금 전에 내가 뭐 모르는 거 있으면 물어보라고 그랬제?"

"그래, 물어봐. 뭐 물어보고 싶은데."

"그냥 이것저것. 그렇게 큰소리로 말하지 말고."

"알았어. 말해봐."

승태도 이쪽으로 고개를 내밀고 작은 소리로 말했다.

"어른이 되면 말이지…… 왜 자지 같은 데 털이 나잖아."

"응."

"그런데 그게 어른이 되었을 때 몇 살 때 나는 거냐?"

태연한 척 물어도 나로선 세상살이 고민의 전부가 걸린 문제였다.

"야, 그건 어른이 안됐을 때도 나. 어른이 되기 전에도."

"그래?"

그 말만으로도 이미 반쯤 구원을 받은 듯한 심정이었다.

"몇 살 때?"

나는 더욱 바싹 승태 쪽으로 얼굴을 가져갔다. 제발 어려라, 그 나이…….

"열다섯 살이나 열여섯 살쯤이면."

"그럼 열네 살 땐?"

"그때부터 조금씩 나기 시작해서."

내 얼굴은 다시 처음처럼 태연해졌다. 그런 걸 괜히 며칠씩 걱정하고, 괜히 돈 들여 빵을 사준 것이었다. 그러나 한순간 씻은 듯이 걱정이 사라지는 것만으로도 그 100원이 조금도 아깝지 않았다. 나는 그게 얼굴 수염하고 같은 때에 빳빳하게 나오는 줄 알았다. 저녁때 거스름돈으로 100원만 가져다 주면 어머니가 분명 무어라고 한소리를 할 것이다. 그러나 그런 건 조금도 걱정되지 않았다. 중요한 것은 지금 열네 살 때 자지 윗부분에 막 돋아나기 시작하는 내 털이 조금도 이상한 것이 아니라는 것이었다.

"승태야, 그럼 지금 니는 많이 났겠다."

"그럼 임마. 시커멓지. 왜 니는 아직 안 나나? 열다섯 살인데."

승태는 내가 남들보다 한 해 빨리 학교에 들어간 걸 모르고 있었다. 일부러 밝힐 일은 아니었다. 알면 빵까지 얻어먹어 이제 어쩔 수 없는 일이 되고 말았지만 서로 친구하기로 한 내가 너무 어려 자존심이 상할지도 모를 일이었다. 승태 나이면 나는 고등학교 2학년이었다.

"지금 막 나와. 잔디 기어나오듯이."

나는 유쾌하게 말해주었다. 승태도 잔디라는 말에 함께 유쾌하게 웃었다.

"그런데, 여자도 그런 게 나오나?"

한 걱정이 가시자, 심기호도 아닌데 슬슬 이상한 쪽으로 호기심이 발동하기 시작했다.

"그럼 임마. 여자는 뭐 사람 아니나. 다 똑같지."

"그래도 야, 웃긴다. 여자도 거기에 쎄미(수염) 같은 게 나면 되게 웃기겠다."

"여자는 그런 것만 나는 게 아니라 한 달에 한 번씩 거기서 피도 나와 임마."

"피가?"

"그래 임마. 경월소주 있지?"

"응."

"그거 반대로 월경이라고 해서 나오는 게 있어."

"그게 왜 나오는데?"

"그래야 남자하고 여자하고 그거했을 때 애기를 갖거든. 니 그건 알지? 남자하고 여자하고 그거 해야지만 애기 갖는 거."

"빠구리 말이지?"

"그래. 그런데 빠구리를 해도 그게 나와야지만 애기를 갖거든. 피가 나와야지만."

"빠구리를 할 때?"

"아니, 그건 맨 처음 할 때만 그런 거고. 아까 얘기했잖아 한 달에 한 번씩."

"오줌하고 같이?"

"니 정말 뭘 모르는구나. 어떻게 피하고 오줌하고 같이 나오나. 따로따로 나오지."

"야, 닌 정말 그런 거 되게 잘 안다."

"그럼. 그런 거야 기본이지. 모르는 거 있으면 또 물어봐. 내가 다 말해줄게."

그날 승태가 내게 가르쳐준 것은 또다른 세상에 대한 이야기였다. 나는 승태에게 털이 난 여자의 거기를 본 적이 있느냐고 물었고, 승태는 직접 보지는 못했지만 미국에서 온 어떤 책에서 사진으로 봤다고 말했다. 놀라운 일이었다. 그런 걸 찍은 사진이 있다는 것도, 또 승태가 그런 걸 아무렇지도 않게 봤다는 것도. 확실히 승태는 우리보다 어른이었다. 벌써 코밑이 거뭇거뭇해지고 있었다. 나는 다시 '미지의 희'에 대해서 물어보았다. 승태는 주소를 알아 편지를 썼는데 잘되지 않았다고 말했다.

"그럼 그 지즈바도 거기에 그게 났겠다."

"그럼 났겠지."

그 말만으로도 우리는 뭔가 함께 은밀해지는 것 같았다. 열네 살이나 열다섯 살보다 더 나이 먹은 세상 모든 여자들의 거기에 털이 돋아났을 거라는 것이, 그리고 아직 한 번 본 적도 없지만 그렇게 털이 돋아난 세상 모든 여자들의 거기가 내 마음을 은밀하게 만들고 있었다.

수학여행 때 어머니는 용돈을 300원밖에 주지 않았지만(사실, 그거면 충분하기도 하다), 그런 것도 걱정할 필요가 없었다.
여행을 떠나기 전날 사랑으로 나가 할아버지와 할머니로부터
미리 500원을 받은 때문이었다. 물론 할머니에게도 옛날 훌륭
한 사람들의 할머니에 대한 이야기를 해주었다. 아마 내가 훌
륭한 사람으로 큰다면 그건 아버지 어머니 때문이 아니라 할
머니 때문일 거라고. 그리고 『삼국지』도 한 시간이나 읽어드렸
다. 사도 왕윤의 기녀 초선이 어여쁘고도 가냘픈 몸으로 여포
의 애간장을 녹이며 동탁과의 사이를 이간시켜 끝내 동탁을
죽이게 만드는 대목이었다. 그러나 입으로는 책을 읽으면서도
머릿속으로는 열여섯 살 된 초선의 그곳을 생각했다. 그때 그
나이의 초선은 거기에 그것이 얼마나 돋아나 있었을까.

물론 수학여행도 당연히 즐거웠다. 나로서는 태어나 처음으
로 멀리 떠나본 것인데, 불국사니 석굴암이니 하는 것들은 그
앞에서 사진만 몇 판 박은 것말고는 내게 별 감동을 주지 못했
다. 오히려 불국사 앞에서 이게 정말 그동안 사진으로만 봐왔
던 그 불국사 맞아? 하고 잠시 혼란을 느꼈다. 우리는 정문을
통해 그 절 안으로 들어갔고, 이제까지 봐왔던 사진들은 저만
치 옆에서 비스듬히 그 절을 찍은 때문이었다. 그래서 이제까
지 사진에 속았다는 느낌까지 들기도 했다.

즐거운 것은 멀미 걱정하지 하지 않아도 좋을 긴 시간의 기차여행과 그곳 여관방에서 보낸 이틀밤이었다. 열시가 넘어 선생님들이 이제 그만 불을 끄고 잠을 자라고 했지만, 우리는 열두 시 넘어 새벽 한시가 되도록 세상의 모든 여자 이야기를 했다. 찢어진 것에 대해서도 말하고 거기에 난 털에 대해서도 말하고, 피를 흘리는 것에 대해서도 말하고, 또 누구 하나 경험자는 나서지 않았지만 말 그대로 박는 것에 대해서도 이야기했다. 그 스승들 덕분에 이제 나도 여자들에 대해 많은 것을 알게 되었다. 아니, 많이 알게 된 정도가 아니라 거기에 대해 알아야 할 모든 것을 알게 되었다고 생각했다. 정말 유쾌한 여행이었고, 그 여행보다 배운 게 많은 유익한 이틀밤이었다.

그 수학여행 이후, 열네 살의 내 가을 시선은 늘 15도 내지는 30도 아래로, 저만치에서 내 앞으로 걸어오는 모든 여자의 거기에 고정되어 있었다. 승태와 호기심한테 배운 감정법대로 그 여자의 다리 모양만으로도 저 여자는 했다, 안했다, 그런 것까지 혼자 은밀하게 판정해가면서.

3

어느 날 나는 친구 집에 놀러 갔다

3학년이 되어서도 승태와 한 반이 되었다. 5분의 1의 확률이니까 저절로 그렇게 될 수도 있지만 어쩌면 이번에도 승태 아버지가 뒤로 손을 쓴 것인지도 몰랐다.

그러기 전에 2학년 2학기 기말고사를 앞두고, 수학여행 때 말고도 1주일간 밖에 나가서 잠을 잔 적이 있었다. 수학여행에서 돌아와 얼마 있다 치른 모의고사에서 승태의 성적이 거의 중간까지 쑥 올라가자 생전 처음 자식의 그런 모습을 본 승태 아버지가 학교로 찾아왔고, 그런 승태 아버지에게 선생님이 내 얘기를 한 것이었다. 수학여행을 다녀온 다음부터 승태는 뒤쪽에서 자리를 옮겨와 내 옆에 앉았다. 모의고사라 커닝에 대한 감시가 중간고사나 기말고사 때보다 느슨했다 해도 공부에 대한 승태의 태도는 확실히 예전과 달라진 데가 있었다.

내 옆에 앉아서가 아니라 60명 중 30등만 하면 승태 아버지가 그냥 자전거가 아니라 선수용 사이클을 사준다고 약속했기 때문이었다. 그 약속 후 보름 만에 치른 모의고사에서 중간까지는 오르지 못했지만, 그 비슷하게 성적이 올라가자 승태 아버지도 뒤늦게 학교로 선생님을 찾아올 만큼 승태의 공부에 욕심을 내기 시작했다. 기말고사 때 1주일간 밖에서 밤을 잔 것도 승태네 집에서였다. 내가 아버지 어머니의 허락을 받은 것이 아니라 승태 아버지가 그 허락을 받으러 자동차 뒤에 간장 공장에서 쓰는, 시멘트 포대만 한 흑설탕 한 포대와 백설탕 한 포대를 싣고 왔다. 이제까지 나는 그렇게 큰 설탕 포대를 본 적이 없었다. 그때 우리반에 자가용이 있는 집도 승태네뿐이었다. 물론 트럭이나 택시를 가진 집 아이들은 있었지만 그것하고 자가용은 달랐다. 아이들한테 승태네가 큰 간장 공장을 해 잘산다는 얘기는 들었지만, 정말 그 정도로까지 잘사는 줄은 몰랐다. 미리 알았다면 지난 가을 자지 털 때문에 빵집으로 꾀어낼 때 승태가 아니라 호기심을 꾀어냈을지도 모른다. 승태 아버지는 또 할아버지가 계신다는 소리를 듣고 한 갑에 100원씩이나 하는 청자 두 포를 사왔다.

　"내년이면 3학년인데, 이 댁 아처럼 공부가 안 되니 강고는 못 간다 해도 상교는 보내야 하지 않겠습니까? 그래야 이다음 제가 하는 공장 맡아서 이런저런 호계(회계)도 할 기고. 거기도 못 가 농교나 기술학교로 간다면 장래 지가 맡아서 할 일에 아무런 도움도 안 될 기고 말입니다."

승태 아버지는 학교를 찾아와 선생님에게도 했다는 그 말을 아버지에게도 했다.

"나이가 어려도 댁의 아가 우리 아한테 많은 도움이 되는 것 같습니다. 지 말로도 전에는 늘 학교에서 장난을 치곤 했는데 댁의 아가 타이른 다음부터 안 그런다고 그러고."

어쨌거나 그렇게 해서 기말고사를 앞두고 나는 시험기간 3일을 포함해 1주일을 승태네 집에서 학교를 다녔다. 칙사 대접도 그런 칙사 대접이 없었다. 승태 어머니는 아이구 우리 선생님, 소리까지 했다. 그러자 시내 대학에 다니는 승태 누나도 과일 접시를 들고 올 때마다 반장난으로 우리 승태 선생님, 했다. 그럴수록 부담스러운 것은 나였고, 그 부담으로 다잡을 건 나보다 나이도 많고 키도 크고 몸집도 큰 승태밖에 없었다.

국영수에서 음악, 미술까지 시험 범위 안의 것을 모두 요약하고 정리하여 승태의 머릿속에 집어넣었다. 빠져나오면 몇 번이고 되물어 그것을 다시 집어넣곤 했다. 그러니까 국어의 경우는 선생님이 공부 시간에 두 번쯤 강조했던 것들, 그리고 내가 출제자라면 빠트리지 않을 문제들, 영어는 이제 와 처음부터 단어를 외울 수도 없는 일이어서 단어를 잘 모르고 해석이 제대로 안되더라도 수학공식처럼 기본형만 몇 개 외우면 풀 수 있는 직접화법과 간접화법의 전환 문제, 수동태를 능동태로 바꾸고 능동태를 수동태로 바꾸는 주관식 문제, 문장으로 감을 잡아 전치사 때려넣기, 분명 괄호 채우기 문제로 나올 몇 가지의 숙어, 수학은 인수분해의 몇 가지 기본꼴과 좌표 문제의 핵심과 응용, 시험에 날 만한 예상 도형문제 풀기 같은 것을 반복하고 또 반복했다. 또 사회나 과학, 실업 같은 것은 교과서와 참고서를 한 줄 한 줄 읽어나가며 그것이 중요하고 안 중요하고를 떠나 그걸로 시험문제를 만들어낼 수 있는 것이면 무조건 외우게 하고, 학교를 오가는 시간과 수업과 수업 사이의 쉬는 시간에도 틈틈이 그것을 물어 머릿속에서 빠져나오지 못하게 했다.

승태네 집에서 다니니까 집에서 다닐 때보다 확실히 공부할 시간은 많았다. 우선 아침저녁으로 등하교하는 시간이 두 시간 절약되었고, 걷고 뛰는 게 줄어들어서인지 저녁 졸음도 그만큼 오지 않았다. 또 남의 집이라 허튼 시간을 보낼 수도 없었다. 한 가지 깨달은 것이 있다면 공부라는 것이 남한테 배우는 방식보다 가르치는 방식이 더 잘된다는 것이었다. 1주일 동안 매일 잠도 다섯 시간씩만 잤다. 왜냐하면 거기는 우리집이 아니었고, 부담도 승태보다 내가 더 느끼고 있기 때문이었다. 설탕 두 포대와 할아버지의 담배를 두 포나 가져다 주었는데도 효과가 없다면 그땐 내 체면이 말이 아니었다. 반 아이들도 내가 승태 집에서 먹고 자며 승태를 가르치고 있는 걸 아는데.

나도 그랬지만 첫날 시험과 둘째날 시험은 승태도 제법 잘 본 것 같았다. 마지막 날은 이왕 마음먹은 것, 밤을 새우기로 했다. 그러자 이 키만 크고 덩치만 큰 멀대가 "우리도 잠 안 오는 약 사다가 먹을까?" 했다. 반에 시험 때라면 그런 아이들이 꼭 한두 명씩 있었다.

"야, 임마. 그 약 먹으면 저절로 공부가 되나?"

"그런 건 아니지만."

"그런 건 공부 안 한 것들이 티낼 때 먹는 거니까, 정신차리고 이거나 외워. 여기 빨간 줄로 그어놓은 거. 그게 니 자전거 바퀴고 핸들이니까."

"그래도 니하고 공부하니 잘된다. 난 아직까지 이렇게 공부를 해본 적이 없거든."

"잔말 말고. 이따가 물어서 모르면 그땐 자지 털 하나씩 뽑아버릴 거니까."

"그러다가 다 뽑히면."

"그러면 백자지로 다니는 거지."

멀대가 꾸벅거려 밤을 새우지는 못했지만 그날도 새벽까지 공부를 했다. 집에서는 그렇게까지 공부를 해본 적이 없었다. 마지막 날 시험도 잘 봤다. 그 시험에서 나는 처음으로 전교 1등이라는 것을 해봤고, 승태는 반에서 18등을 했다. 그렇지만 전교 1등을 해 기분이 좋긴 했어도 공부를 하는 동안에도 그랬고, 성적이 나온 다음에도 그것이 훌륭한 사람이 되는 길이라는 생각은 조금도 들지 않았다. 그런 쪽으로 성공을 하자면 공부에 대한 보람도 함께 느껴야 할 텐데, 억지로 부담을 가지고 벼락치기로 한 공부여서 그런지 왠지 그건 형이 성공할 길이지 내가 성공할 길이 아닌 것 같았다. 왜냐면 나는 공부가 아닌 다른 길로 형보다 더 훌륭한 사람이 되어야 하니까. 그냥 승태 아버지가 가져온 설탕 두 포와 담배 두 포 값의 체면치레를 부끄럽지 않게 했다는 생각만 들었다. 일부러 한 것은 아니지만, 어쨌거나 태어나 처음으로 내가 해본 돈벌이인 셈이었다.

정말 부담스러운 것은 그 후의 일이었는데, 승태 아버지가 승태에게 선수용 사이클을 사주며 내게도 책가방을 뒤에 실을 수 있는 경자전거를 사준 것이었다. 처음엔 자전거 얘기 없이 기말고사 성적이 나오던 주 토요일, 미리 아버지 어머니의 허락을 받아 하루 더 승태 집에 놀러 가 거기에서 자고 일요일에 돌아오기로 했다. 지난번엔 시험공부 때문에 제대로 놀지도 못하고, 또 제대로 해먹이지도 못했다고(그만큼 해먹였으면 됐지 얼마나 더) 승태 어머니가 날 부른 것이었다. 승태네 집은 정말 없는 것이 없었다. 그때 대관령 이쪽 너머에도 막 나오기 시작한 텔레비전도 있었고(얼마 전까지만 해도 중계소가 없어 텔레비전이 있어도 볼 수가 없었다), 전축도 안방에 문갑만큼 큰 것이 있었다.

점심을 먹은 다음 낮 동안은 승태 누나를 따라 신영극장에 가 "두 형제"라는 영화를 보았다. 집으로 돌아와 저녁을 먹는 자리에서 승태 누나는 손수건을 한 개가 아니라 두 개를 가져가야 한다고 했고, 승태는 "엄마, 나한테는 그런 형 없지? 있으면 내가 가만 안 놔둘 거야" 했다. 승태 어머니가 물어 나도 짤막하게 소감을 말했다.

"같은 형제도 자라는 환경이 다르면 나중에 성장하는 것도 서로 다른 것 같아요. 그건 영화지만 똑같은 부모 밑에서 자란 형제도 그럴 수 있겠다는 생각도 들고요."

앞의 말은 검정필의 콘사이스처럼 생물 시간에 배운 '환경 변화에 따른 식물의 성장 변화'를 응용해서 한 말이었고, 뒤의 말은 영화를 보며 내내 떠올린 형과 나 사이에 대한 생각이었다. 그러자 승태 누나가 승태의 머리를 탁, 치며 말했다.

"야, 박승태. 너도 좀 정수처럼 말해봐라. 수준 차이 나게 놀지 말고."

"왜 때려. 지도 예비고사 두 번씩 떨어져놓고……."

결국 빨개진 것은 승태 누나의 얼굴이었다. 극장에서 옆에 앉았을 때 본 얼굴도 이뻤지만 볼부터 사과처럼 붉어지는 지금 얼굴은 더 이뻤다. 저녁을 먹고 나서도 승태 누나는 잠시 우리 방에 와 승태와 함께 만화를 보고 있는 내게 이런저런 것들을 물었다. 승태는 아랫목에 기대어 앉았고 나는 승태의 책상에 앉았다.

"봐라. 만화를 보더라도 너하고 틀리잖니. 너는 벽에 비스듬히 기대어 앉고 정수는 책상에 앉고."

"바닥이 뜨거워서 그래요."

"그래도 자세 문제지. 지지난해 강고 나온 이정석이가 느 형이라면서?"

"예."

"서울대 갔지?"

"예."

"법대 갔니?"

"아뇨. 상대요."

"왜 법대 가지 않고. 가도 될 텐데."

"난 잘 몰라요. 우리 형 알아요?"

"아니. 얼굴은 모르고 이름만 들었는데 니가 동생이구나. 재 밌니?"

"아뇨. 별로요."

"승태야. 우리 하드(아이스케키) 사먹을까?"

"추워빠진데……."

"얌마. 넌 뭘 모르는구나. 원래 그런 건 추울 때 먹어야 더 제맛이 나는 거야. 정수도 왔는데."

"또 나 시키려고 그러지?"

"그럼 내가 돈을 내는데 내가 갔다오니? 먹고 싶지 않아도 니가 갔다와야지. 친구 위해서."

"돈 줘, 그럼."

승태 누나는 짝 달라붙은 청바지 주머니에서 100원짜리 종이돈을 꺼냈다.

"다 사와?"

"다는. 누가 먹는다고. 여섯 개만 사와."

"그럼 나하고 같이 가자."

"아니. 정수 넌 있고. 요 앞에 갔다오는 건데 뭐."

그러면서 승태 누나는 자리에서 일어서려는 내 등에 팔을 걸치며 어깨를 짚었다.

"남는 건 내가 갖는다."

"하여간 너는 그런 계산만 빠르지."

승태가 나가자 승태 누나는 다시 내게 이런저런 것들을 물었다.

"너는 몇 살이니?"

"열다섯요."

나는 한 살을 올려 말했다.

"승태보다 세 살 어린데도 하는 거 보면 니가 형 같다."

"두 살이 아니고요."

나는 누나가 내가 열다섯 살이라고 말했는데도 열네 살인 것을 아는가 싶어 그렇게 반문했다.

"응. 두 살…… 저건 키만 커 가지고. 집이 우추리라면서?"

"예."

"학교 다니기 멀겠다. 버스도 안 다닌다면서."

"조금요."

"전에 소풍 갈 때 가보니 되게 멀던데. 걸어서 다니니?"

"예."

"자전거는 승태가 아니라 니가 필요하겠다야."

"괜찮아요. 늘 그렇게 다녀서."

"느 형도 거기서 다녔니?"

"예."

"학교 다니면서 농사일도 다 거들고 했다면서? 지게도 지고."

"그런 얘기는 어디서 들었어요?"

"학교에서 선생님들한테 듣는 얘기가 맨 그 얘기였거든. 어느 학교 누구를 봐라, 하고."

"고등학교 3학년 땐 많이 거들지도 못했어요. 그땐 아버지가 공부하라고 봐줘서."

"그럼 지금도 방학 때 내려와서도 그렇게 하니?"

"놀기도 하지만 그럴 때가 더 많아요."

"너도 그렇게 하니?"

"예. 아버지가 촌에서 크면 농사가 어떤 건지는 알아야 한다고 해서요."

"어머 어쩜…… 느네 아버지 참 멋있다, 얘."

"저도 훌륭하다고 생각해요."

"농사일 많니?"

"예. 다른 집들보다는요."

"그런데도 공부하는 사람은 따로 있다니까. 원래 그런 집안이."

그때까지도 승태 누나의 팔과 손은 여전히 내 등과 어깨에 올려져 있었다. 그런 자세로 내가 넘기는 만화를 함께 따라보는지 내 귀하고 멀지 않은 곳에서 들이쉬고 내쉬고 하는 숨소리가 들렸다. 가슴도 이쪽 어깨 쪽에 닿았다가 떨어졌다가 했다. 왠지 내가 불안해지는 기분이었다. 등뒤에 그런 자세로 허리를 숙이고 있는 친구 누나 앞에서 내가 제대로 숨을 들이쉬고 내쉬고 하는지. 나중엔 안 그러려고 하면 안 그러려고 할수록 자꾸만 생각이 이상한 쪽으로 흘러가 『삼국지』를 읽으며 초선에게 했던 거기에 난 털 생각을, 그리고 길을 걸어갈 때 저만치서 내 앞으로 걸어오는 여자들에게 했던 생각을 등뒤의 승태 누나에게 했다. 승태와 호기심에게 배운 감정법대로라면 승태 누나도 '했다'였다. 바짝 조이는 청바지를 입고 극장에서 표를 끊을 때, 그때는 무심코 보았지만 지금 생각하니 두 허벅지 사이가 밖으로 벌어지듯 확실히 뜬 것 같았다. 읽고 있는 만화도 글씨가 제대로 눈에 들어오지 않는 내 속도에 맞추어 넘기는 것이 아니라 이쯤이면 누나도 다 봤겠지 하는 정도에서 넘겼다.

"거긴 전기도 안 들어온다면서?"

"예."

"그럼 호롱불로 공부하니?"

"호롱불 밑에서 할 때도 있고, 남포불 밑에서 할 때도 있고요."

"답답해도 아늑하겠다."

"늘 그래서 잘 몰라요."

"거기 있다가 여기 나오니 밝지?"

그러느라고 다시 가슴이 등에 와 닿고.

"예. 눈이 부실 만큼요."

나중엔 내 목소리에서까지 바람소리가 나는 것 같았다. 또 그것을 누나가 알까 봐 몰래 입술가에 침을 바르고 말했다.

"으이씨, 요 앞에 없어서 저 아래까지 뛰어갔다 왔네."

승태가 올 때까지 그랬다.

그날 밤, 자리에 누워 나는 어떤 묘한 생각 하나를 떠올렸다. 전에는 보고 그냥 흘려 지나고 말았는데, 학교 화장실에 가도 그렇고 집으로 가는 길 중간에 있는 시장 앞 공동 화장실에 가더라도 '어느 날 나는 친구집에 놀러 갔다. 친구는 없고 친구 누나 혼자 잠을 자고 있었다. 나는 가만히 다가가 친구 누나의……' 하는 낙서가 왜 그렇게 비슷한 내용으로 칸칸마다 쓰여 있는지 알 것 같았다.

승태의 자전거는 다음 날 아침에 나가서 샀다. 자전거포로 나가자마자 승태는 전부터 눈독을 들여놓았던, 아직 흥정도 시작하지 않은 선수용 사이클을 제 것처럼 끌어내 휑하니 도로를 달렸다. 내가 나도 저런 자전거를 타봤으면 할 때, 그런 내 마음을 읽기라도 하듯 승태 아버지가 또 한 대의 경자전거를 골라놓고 내게 타보라고 했다.

"전에 가보니까 학교 다니기도 멀겠던데 여기 이렇게 책가방을 실을 수 있는 걸로 말이지."

"아, 아니에요."

"괜찮아. 승태 거 사주는 김에 일부러 그러려고 너 오라고 한 거니까."

"안 돼요. 그러면."

"자전거 한 대 가지고 뭐. 우리 승태 성적이 올라가니까 아저씨가 너한테 고마워서 그러는 건데."

"아저씨가 사줘도 저는 타고 가지 않아요. 이 자전거와 상관없이 아마 앞으로는 시험 때가 되어도 승태네 집에 와서 공부를 할 수 없을 거예요. 그냥 놀러는 다녀도."

"그건 왜? 그러면 승태도 좋고 너도 좋은데."

"우리 아버지는 그렇게 하는 공부를 좋아하지 않거든요."

승태 아버지에겐 말하지 않았지만 지난번에도 아버지는 그랬다. 승태 집에서 먹고 자고 1주일을 공부하고 왔을 때, 나를 불러놓고 말했다.

"그래, 시험은 잘 봤나?"

"예. 그런 거 같아요."

"승태라는 아이도."

"예. 반에서 한 20등은 할 거 같아요."

"다행이구만. 그 아 아버지가 애쓰더니. 나가서 하니 좋더냐?"

"좋은 건 아닌데 더 많이 할 수는 있어요."

"그래도 이젠 거기 가서 하지 마라."

그게 아버지와 어머니의 다른 점이었다.

"사람이 늘 그렇게 살 것도 아닌데 편한 걸 알면 꾀가 나게 된다. 편한 걸 알게 되면 지 사는 데가 싫어지고 며칠 살아본 편한 곳만 자꾸 생각하게 돼. 니 거기 가서 공부 잘했다니 애비도 좋긴 하다만, 불편하게 사는 사람은 불편한 게 무엇인지도 알고 또 참고 커야 한다. 지금 그게 그렇게 돼 있는 니 몫이면 말이지. 무슨 말인지 아나?"

"알아요."

"이제 앞으로도 이번만큼 성적이 안 나오고 그러면 니가 노력하지 않는 건 생각하지 않고 그런 데서 공부하지 않아서 그렇다고 생각할까 봐 걱정이다."

"안 그래요."

"그걸 알면서도 니를 보낸 건 그 아이 성적 때문이 아니라 그 아이 아버지 얘기 때문에 그랬다. 나야 내버려두듯 놔둬도 느들이 잘 커줘서 그런 걱정은 않고 키웠다만, 그 아이는 중학교도 두 번이나 떨어졌다면서 그런 아들을 둔 아버지 심정이 오죽했기에 여기 찾아왔을까 싶어서. 무슨 말인지 아나?"

"알아요."

전부를 알 수는 없지만 대충은 알 것 같았다.

"거기 가서 편했던 건 이제 잊어버려라. 니는 그 집 아들이 아니라 이 집 아들이니까."

그런 아버지 앞에 자전거를 끌고 간다는 건 말도 되지 않는 소리였다. 나는 승태 아버지에게 아버지 이야기를 했다. 나는 아버지가 어떤 일은 허락하고 어떤 일은 허락하지 않는지 알고 있었다.

"허허. 그 양반이 나를 많이 부끄럽게 하는구만. 원래 자식은 그렇게 키워야 하는데…….".

그러면서도 승태 아버지는 기어이 그 자전거를 사서, 간장 공장의 작은 트럭을 불러 거기에 싣고 나와 함께 우리집으로 갔다. 운전수와 승태 아버지가 앞에 타고 나하고 승태가 짐칸에서 자전거를 붙잡고 탔다. 내 예상대로 아버지는 자전거를 받지 않았다.

"그게 잘 키우는 건 아니겠지만 우리는 우리대로 아이를 키웁니다. 웬만하면 지가 하는 대로 내버려두지만 그러지 못하게 해야 할 일도 더러 있지요."

"그깟 뭐 자전거 한 대야…… 우리 아이 걸 사주는 김에 정수가 학교 다니는 것도 멀고 하니까 제가 우리 아이 공부를 도와준 일도 있고 하니까…….".

승태 아버지는 그렇게 말했고, 아버지는 그 뜻의 고마움만은 받으면서도 거듭 자전거만은 사양했다. 아버지는 형과 내가 하는 공부에 대해서도 말했고, 집안에서 하는 농사일에 대해서도 말했다.

"앞으로도 공부는 저들이 스스로 알아서 하도록 놔둘 겁니다. 즈들이 하고 싶으면 하고 하기 싫으면 말고 억지로 시키지는 않을 겁니다. 나중에 대학 갈 때도 이래라 저래라 하지 않고 즈들이 하고 싶은 쪽 공부를 하게 놔둘 거구요. 지금까지 즈들이 하기 싫어도 억지로라도 시키는 건 농사일뿐이지요. 공부를 못하게 하면서까지야 시키지는 않습니다만, 그건 즈들이 밥먹고 크는 집안 환경을 알아야겠기에 쉬운일 궂은일 가릴 것 없이 틈틈이 데리고 부리는 거지요. 밭에 쟁기 대고 논에 쟁기 대는 일(그러니까 소가 끄는 쟁기질)이야 아직 힘에 부치고 기술이 모자라 못한다 하더라도 봄에 논밭에 거름을 펼 때 에미 애비가 손에 똥을 만지면 즈들도 만질 줄 알아야 되지 않겠습니까? 그러지 않는다고 에미 애비를 천하게야 보겠습니까만은 그걸로 즈들 키우는 에미 애비가 하는 일도 천한 것이 아닌 줄 알아야지요."

아버지가 그런 말을 하는 동안 승태 아버지는 점점 숙어드는 어깨로 "하, 그렇지요." "저는 그것도 모르고……" "부끄럽습니다." "그렇게 말씀하시니 제가 부끄럽군요." 하는 소리만 반복했다. 결국 자전거는 승태 아버지와 승태가 다시 시내 자전거포로 가져갔다. 나도 자전거에 대해 아쉬운 점은 없었다. 다만 그것을 다시 싣고 가는 승태 아버지의 처진 어깨가 열네 살 아이답지 않게 조금은 안돼 보였을 뿐이다.

그러나 그때 그 말을 하면서도 아직 아버지는 짐작조차 하지 못하고 있었을 것이다. 언젠가 형이 내게 말했던 것처럼 이제 얼마 지나지 않아 내 삶에 '머리 대신 손발이 일찍 고생하는' 시기가 다가오고, 그 '모반'의 씨앗과 용기가 바로 그날 아버지가 자식 교육에 대해 한 수 가르치듯 승태 아버지에게 했던 말 속에 고스란히 들어 있었다는 것을. 물론 나도 짐작하지 못했던 일이었다.

승태 아버지를 그렇게 보낸 때문인지(그렇다고 아버지도 부담을 느끼고 나도 부담을 느끼면서까지 자전거를 받을 수도 없는 일이고) 아버지는 내게 승태와 지금처럼 가깝고 친하게 지내라고 했다. 그래서 방학이 되기 전에도 가끔 승태 집에 놀러 가고, 방학 때에도 놀러 가곤 했다. 승태도 가끔 우리집에 놀러 왔다. 내가 승태네 집에 가면 승태보다 더 나를 반기는 게 승태 누나였다.

"왔니?" "느 형도 방학이라서 내려왔겠다." "요즘엔 뭘 하니? 겨울엔 일도 없을 텐데."

내가 가면 승태 누나는 주로 형에 대해서 물었다. 그러면 나도 거기에 대해 꼬박꼬박 대답해주었다. 겨울이라고 농촌에 일이 없는 게 아니다, 여름보다 많지는 않지만 나무(화목)도 해야 하고, 공부도 하고, 책도 읽고, 어머니 아버지가 가마니 치는 일을 돕기도 한다고 가르쳐주었다.

승태 누나는 나보다 얼굴도 보지 못한 형에게 더 관심이 많았지만, 나도 승태에게 놀러 가도 승태만큼이나 승태 누나와도 친해졌고, 승태 누나에 대해서 관심이 많았다. 다리를 보면 '했다' 쪽이지만 그래도 했을까, 안 했을까. '했다'가 분명하면 언제 어떤 사람과 했을까. 저 짝 달라붙는 도꾸리(셔츠)와 청바지 안엔 무엇을 입었을까. 젊은 여자들은 야한 빤쓰를 입는다는데 어떻게 생긴 빤쓰가 야한 빤쓰일까. 이 누나도 지금 그런 걸 입고 있을까. 거기 털은 어떤 모습으로 났을까. 얼마나 긴 것이 났을까. 내 것처럼 곱슬곱슬할까 아니면 여자니까 그렇지 않을까. 그땐 하루 중 스물네 시간 내내 문득문득 그런 것에 대해서만 생각이 나 내 마음까지 늘 붉어지고 은밀해지곤 했다. 아래

자지로까지도 짜릿짜릿하게 전기가 내려갈 때도 많았다.

그러나 나의 이 키만 크고 몸집만 큰, 멀대 같고도 순진한 성교육 은사는 자기 누나에 대한 내 생각이 그런 건지도 모르고 그해 겨울방학 때 자기 집 자기 방에서 문을 걸고 나에게 '딸딸이(자위니, 수음이니 하는 말은 고등학교 때 가서야 알았다)'라는 것을 가르쳐주었다.

"이거 할 때 머릿속으로 니가 하고 싶은 여자 얼굴을 막 떠올리는 거야. 그 여자 거기도 막 생각하고."

"그러면?"

"그러면은 임마. 그걸 홍콩 간다고 그러는데, 그냥 홍콩 가는 거지."

"홍콩?"

"그래 임마. 해봐, 지금."

"싫어, 여기선."

"그럼 다음에 느 집에 가서 해. 내가 가르쳐준 대로."

"넌 그런 거 어디서 배웠는데?"

"그런 거야 기본이지. 전부터 알았던 건데, 너한테 얘기 안 해 준 거지."

고백하자면 그해 겨울, 승태로부터 그것을 배웠을 때, 그리고 그것을 처음 내 손으로 했을 때, 그러면 승태에게 미안한 일인 줄 알면서도, 그리고 다음에 승태 집에 놀러 갔을 때 승태 누나 얼굴 보기가 부끄러운 줄 알면서도, 그것을 하면서 나는 승태 누나의 얼굴과, 짝 달라붙는 청바지 때문에 더욱 두 허벅지 사이가 떠보이는 것처럼 보이는 승태 누나의 그곳을 생각했다. 가끔씩 내 몸에 닿을 듯 말 듯 스치던 볼록한 가슴도 생각했고, 그 청바지 때문에 터질 듯 굴곡져 보이던 엉덩이도 생각했다.

정말 '어느 날 나는 친구집에 놀러 갔었다. 친구는 없고 친구 누나 혼자 잠을 자고 있었다. 나는 가만히 다가가 친구 누나의……' 하는, 그런 마음이었다.

4

그러나 그보다 더 크고 그리운 세계

내가 3학년이 되고 새 학기가 시작되었는데도 형은 서울로
올라가지 않았다. 피곤한 날이 다른 때보다 두 달간 더 계속되
었다. 형은 군대 입대를 앞두고 미리 휴학계를 내고 내려와 겨
울방학 때부터 내내 집에 있었던 것이다. 그 봄 동안 형은 농군
처럼 나서서 집안일을 했다. 토요일이나 일요일이면 나도 함께
나가 거들었다. 그러면 형은 "너는 들어가 공부나 해. 머리도
안 좋은 게 열심히라도 해야지, 언제 이런 거 저런 거 다하고
공부할래?" 하고 집으로 쫓아보내려 했다.

그런 형이 5월에 입대하기 전 승태 누나와 한번 마주친 일
이 있었다. 어느 일요일, 승태가 우리 집에 놀러 올 때 승태 누
나도 자전거를 타고 따라온 것이었다. 물론 못 올 곳은 아니었
다. 조금 뜻밖의 일이긴 하지만, 승태 누나가 왜 따라왔는지 알

것 같았다. 식목일 무렵 감자를 심던 날이었다. 승태도 그래서 아침 일찍 준비해온 것이었다. 솔직히 나는 승태에게는 몰라도 승태 누나에게까지 그런 모습을 보여주고 싶지 않은데, 형은 함께 밭으로 나온 승태 누나 앞에서 감자를 심기 위해 일일이 골을 탄 고랑 사이로 쇠똥이 범벅된 거름을 맨손으로 뿌렸다. 그 위에 장갑을 낀 손으로 어머니가 가르쳐준 대로 어머니와 함께 눈딴 씨감자를 놓던 승태 누나는 황홀한 눈으로 밭을 갈고 거름 뿌리는 서울대생을 바라보았지만, 정작 형은 그런 승태 누나를 무시하듯 더욱 열심히 손에 쇠똥을 묻혔다. 그리고 나와 승태는 쇠스랑으로 그것을 덮어나갔다. 하루 종일 일을 했어도, 두 사람이 함께 이야기할 기회는 거의 없었다. 있다 해도 형이 승태 누나에게 씨감자의 눈이 위로 올라오도록 놓고, 또 거리를 잘 맞추어놓으라고 말한 정도였다.

속으로야 어떤지 모르지만 형이 승태 누나를 별로로 여긴다는 것이 내 기분을 홀가분하게 했다. 친구 누나이긴 하지만 한 여자에 대해 형제가 비슷한 감정을 갖는다면 그것도 께름칙한 일일 것이었다. 서로 모르는 가운데서이긴 하겠지만 형과 내가 똑같이 승태 누나의 짝 달라붙는 청바지 때문에 더욱 굴곡져 보이는 엉덩이를 떠올리고 거기에 대해 온갖 상상 속으로 '어느 날 나는 친구집에 놀러 갔다'를 생각한다면 말이다. 후에도 승태 누나는 가끔 내가 놀러 갈 때마다 형이 언제 군에 가느냐, 간 다음엔 소식이 왔느냐, 하는 것들을 묻곤 했다.

그런 형이 논산 훈련소에서 보내온 옷을 보자 내 마음이 괜히 울적해졌다. 형이 가 있는 곳이 좋거나 부러운 것도 아닌데 왠지 나도 어디론가 멀리 홀쩍 떠나고 싶은 마음 같은 것이 들었다. 그래서 그날 학교에서 돌아오는 길에 남대천 제방에 앉아 승태에게 너는 이제까지 가장 멀리 갔던 게 어디까지냐고 물어 보았다.

"작년에 경주에도 가고……."

"학교에서 간 거?"

"응."

"그건 나도 갔잖아. 그거말고."

"그거말고도 부산에도 가보고, 서울에도 가보고, 인천에도 우리 작은고모가 살아 가보고, 응, 그래, 전에 아버지 엄마 따라 온양에도 가보고 그랬다. 그리고 설악산하고 속초는 뭐 여러 번 가보고."

"부럽다."

"니는?"

"나는 경주말고는 가보고 말고 한 데도 없다."

"그래도."

"정말로 없다니까. 경주 가기 전엔 초등학교 6학년 때 글짓기 대회 나가느라고 묵호에 가본 게 남쪽으로 제일 멀리였고."

"그럼 북쪽으로는?"

"전에 우리가 사천 호기심 집에 놀러 갔던 게 제일 멀리 갔던 거고."

"그럼 주문진도 안 가봤나? 거기 가면 배 되게 많은데."

"그래."

"그럼 동쪽으론?"

"우리가 동쪽으로 갈 데가 어디 있나? 최고 많이 나가봐야 경포대 오리바위 아니면 십리바윈데. 그것도 나는 힘이 달려 오리바위까지만 가보고 십리바위는 아직 나가 보지도 못했다."

"그럼 그것도 나보다 더 못 간 거구나. 나는 작년 여름에 십리바위까지 헤엄쳐 가다가 죽을 뻔했는데. 그럼 서쪽으론?"

"그건 더 쪽팔린다. 우리 할머이 따라 보현사 절에 갔던 게 제일 멀리 갔던 거니까. 그것도 초등학교 4학년 땐가 5학년 때 절에 뭘 빌러 갈 때……."

"그럼 대관령도 못 넘어가봤단 말이야?"

"그래. 거기가 어떻게 생겼는지도 모른다. 그 너머도 산인지, 아니면 평진지 그런 것도 모르고."

"넘어가면 거기도 산인데, 또 자세히 보면 그 산이 거의 다 밭이다. 넌 정말 안 다녀봤구나."

"갈 기회가 있어야지. 갈 데도 없고. 우리 아버지가 외아들이니까 가까운 친척이 있나 뭐가 있나……. 우리 외가도 여기 강릉이니까 외삼촌들도 다 여기에 살고."

"공부만 잘했지 우물 안의 개구리였구나."

"그러게 말이지."

"그러면 다음에 우리 한번 대관령 너머로 가보자. 어른들 모르게 버스 타고 갔다가 오후에 내려오면 되니까. 우리집엔 느 집에 간다고 말하고, 느 집엔 우리집에 간다고 말하고."

"말로만 그러지 말고 정말 우리 언제 한번 거기 꼭 가보자. 니는 가봐서 알겠지만 그 너머엔 어떤 세상이 있는지."

내가 조금씩 구체적으로 대관령 너머의 세계를 꿈꾼 건 아마 그날 이후부터였을 것이다. 스스로는 아직 몰라도, 3년 전 겨울, 형의 말대로 '손발이 일찍 고생하는' 시기를 보다 바싹 내 앞으로 당기고 싶었던 것이.

늘 바라보면서도 한 번도 가보지 못한 세계여서 더 궁금했던 것인지도 모른다. 중학교 3학년이 되어 세계 각처의 나라들에 대해 역사와 산업과 기후와 지형을 배우면서도 정작 내가 내 발로 딛고 눈으로 확인하고 싶은 곳은 그런 바다 건너의 나라들이 아니라 걸어서도 하루면 오를 저 산 너머의 세계였다.

방금 전 승태한테서도 저 산 너머도 산이라는 말을 듣고도 (그 전에도 얼마나 많이 묻고 얼마나 많이 들었던 대답인가) 여전히 나는 그 너머의 세계가 궁금한 것이다. 어릴 때부터 꿈꾸어왔던 내 마음속의 저 산 너머엔 아주 커다란 또다른 새로운 세계가 있고, 나를 기다리는 파랑새가 있는 것이었다. 그러나, 마음 먹고 하루만 걸어도 오를 저 산은 이제까지 내게 그 산 너머로 품을 팔러 가거나, 형처럼 대처 학교로 가거나, 또는 돈을 벌러 떠나는 어른들만 넘을 수 있는 어른들만의 세계였던 것이다.

이제 저 산을 넘고 싶다. 아니, 그곳이 어떤 곳인지 그것만이라도 확인하고 싶다. 그날 밤, 나는 어린시절 잠시 기르다 날려버린 한 마리의 파랑새를 다시 내 마음속에 가두었다.

승태야, 가자 우리 꼭…….

그러면서 또 조금은 슬픈 기분으로 승태 누나의 짝 달라붙는 '했다표' 청바지와 '어느 날 나는 친구집에 놀러 갔다'를 떠올렸다. 그런데 친구는 없고 친구 누나 혼자 잠을 자고 있었다.

나는 가만히 다가가 친구 누나의…….

또다른 꿈이자 어둠처럼 깊어가는 내 열다섯 살의 어느 밤
이었다.

5

나의 꿈, 나의 '했다표' 청바지

중학교 3학년이던 그해 여름방학 때 나는 승태하고 함께 대관령으로 갔다. 그전부터 가자, 가자 하면서도 한 학기가 지나도록 아직 가지 못했던 것이다. 승태는 여러 번 넘나든 곳이었지만 나는 늘 바라보기만 했지 가보지 못한 곳이었다. 그러다 여름방학이 되어서야 비로소 그 영을 넘을 수 있게 되었다.

일단 승태 집엔 우리집에 간다고 하고, 우리집엔 승태 집에 간다고 하는 걸로 입을 맞추었다. 그런 다음 시내 차부가 아니라 우리 동네 면 소재지인 성산 차부에서 만나 버스를 타기로 했다. 지금 같으면 수시로 전화를 걸어 작전을 모의하거나 변경하거나 확인할 수 있겠지만, 승태 집에는 전화가 있어도 우리집은 아직 전기도 들어오지 않는 시골이라 방학하던 날 미리 진미당 빵집에서 그 작전을 세운 것이었다.

그런데, 거기 나가서 30분 가까이 기다렸는데 이 멀대가 오지 않는 것이었다. 이게 시간을 잘못 알았나, 아니면 집에서 나오다가 붙잡혔나, 통 알 수가 없었다. 그러다 거의 한 시간이 지난 다음에야 이 멀대가 자전거를 타지도 않고 털레털레 끌고 오는 것이었다.

"왜 이렇게 늦었나?"

"말도 마라."

승태의 얼굴은 땀과 흙먼지로 범벅되어 꼴이 말이 아니었다. 땀이 턱밑으로 흐를 때 땟국물도 함께 줄줄 따라 흘러내렸다.

"집에서 못 가게 하더나?"

"그게 아니고……집에서 나와 가지고 이쪽으로 오다가 광명연탄 앞에서 빵꾸가 났다. 그래서 끌고 오느라고."

거기서부터 성산까지는 자전거포는 고사하고 작은 가게 하나 없는 자갈길이었다. 그 길을 10리도 넘게 삐질삐질 땀을 흘리며 자전거를 끌고 온 것이었다. 나는 승태에게 차부 뒷마당에 있는 펌프로 가 세수를 하라고 했다.

"야, 그런데 이 동네는 자전거포가 어디 있나? 빵꾸부터 때워야 하는데."

세수를 하고 나온 다음 승태가 말했다.

"그건 나중에 대관령 갔다가 내려오다 때우면 되고."

나는 간이 차부(하루 쉰 명쯤 되는 사람들의 표도 끊어주고, 가게도 하는)에서 우선 대관령 너머 횡계로 가는 우리 두 사람의 표를 끊었다. 그런 정도의 차비야 버스를 탈 때 차장이 바로 받아도 되는데 굳이 그렇게 하는 건 아마도 중간 삥땅을 방지하기 위해서인 것 같았다. 그러니까 돈 받는 사람 따로, 차표 받는 사람 따로 하는 식으로. 그거야 우리가 알 바 아니지만, 아무리 교복을 입지 않았다 해도 머리를 박박 깎은 것을 보면 알지 학생증을 가지고 있지 않다고 가겟방 아주머니는 우리더러 어른표를 끊으라고 했다.

"우리 학생 맞아요. 보면 몰라요?"

"그러니까 학생증을 내놔보라고."

"안 가져 왔으니까 그러지요. 이렇게 머리 깎은 거 보면 몰라요?"

"맞으면 학생증을 내놔보라니까."

"정말 학생 맞다니까요. 생긴 거 보고 나이를 보면 알잖아요."

"글쎄, 그러니까 학생이 맞는지 아닌지 학생증을 내놔보래도 그러네. 타기 싫으면 말고. 차 올 시간 다 돼가는데."

학생증이 벽이고 문인, 참 더럽게 고약한 아주머니였다. 그래야 자기에게 돌아올 돈이 많아질 거라는 얘기였다. 그렇지만 언제까지 아주머니하고 싸울 수가 없었다. 표만 끊고 말 일이라면 이왕 어른 표를 끊는 거 아주머니 스스로 치사하고 부끄러워지도록 좀 더 싸우고 따져보겠지만 자전거도 일단 그 가게에 맡겨야 했다. 가겟방 한쪽 기둥에 쇠사슬로 자전거를 붙잡아 맬 때 아주머니는 따로 보관료를 받지 않고 자전거를 맡아주는 것만도 고마운 줄 알라며 다시 생색을 냈다.

"저 아줌마 정말 되게 지독하다."

버스에 오른 다음 승태가 말했다. 강릉에서 진부로 가는 버스였다. 마침 운전석 가까운 쪽에 자리 두 개가 온전히 비어 있어 내가 창 쪽에 앉고 승태가 통로 쪽에 앉았다.

"그래. 앉은 자리 풀도 안 나겠다."

그런 내 말을 받아 다시 승태가 한마디했다.

"아들 손자 며느리 마커(모두) 모여 버스표나 끊어 처먹고 살아라."

"박승태."

"왜?"

"니 그런 욕 어디서 배웠나?"

"우리 간장 공장 아저씨들한테. 그 아저씨들 즈들끼리 쌈하면 그런다. 아들 손자 며느리 마커 모여 지렁(간장)이나 저어 처먹고 살라고."

"야, 박승태."

"왜 임마."

"널 보니 옛말 한마디 그른 게 없다."

"또 뭔 얘길 하려구 폼잡는데?"

그래서 점잖게 맹모의 삼천지교에 대해서 말해주었다. 옛날 훌륭한 사람들은 다 그렇게 컸던 것이라고.

"그런데 니 그거 우리 아버지 욕하는 얘기나, 나 욕하는 얘기나?"

"자식이 밖에서 욕을 먹으면 어른도 욕을 먹는다는 얘기다. 친구가 좋은 얘기해주면 제대로 새겨서 들어라."

"니는 그런 놈이 어른들한테 공갈치고 대관령 가나?"

"그건 경우가 다르지."

"뭐가 다른데?"

"너는 그런 말도 못 들어봤나. 소년이여 야망을 가져라."

"이정수."

"왜?"

"어른들한테 공갈치고 대관령 가는 게 야망을 갖는 거냐?"

"임마. 야망은 미지의 세계에 대한 동경에서부터 시작하는 것이거든. 니처럼 미지의 희가 아니고."

"새끼, 걔하고 끝난 지가 언젠데. 내 이런 얘기 안하려고 했는데, 니 이럴 때 보면 둘도 없는 검정필이다."

"임마. 그것도 어느 정도 머리가 돌아가야 그렇게 말할 수 있는 거지. 그런데, 니는 돈 얼마 가지고 왔나?"

"400원. 그중에서 100원은 빵꾸 때워야 할 거 같고."

"그거면 충분하다. 나도 아직 140원 남아 있으니까."

우리가 그런 이야기를 하고 있을 때 우리가 앉은 자리를 지나 뒷자리까지 빈자리가 몇 개나 되는가 세어보던 차장이 다시 운전석 쪽으로 다가가며 "아저씨, 성산에서 작은 거 큰 거로 끊은 거 두 개 있어요" 하는 소리가 들렸다. 그러자 운전수도 "그럼 이따가 내려올 때 차 세우면서 바꿔. 그냥 지나치지 말고" 했다. 그러니까 우리가 끊은 어른표를 다시 학생표로 바꾸고, 돈도 어떻게 하라는 얘기 같았다. 나는 대번에 알아듣겠는데 옆에 앉은 멀대는 그게 뭔 얘긴지 통 못 알아듣는 모양이었다.

"야, 박승태."

"왜 또 임마."

"아까 욕했던 거 다시 한 번 해봐라."

"왜?"

"이유는 이따가 대관령 가서 말해줄 테니까 그냥 한 번 더 해보라니까."

"아들 손자 며느리 마커 모여 지렁이나 저어 처먹고 살라는 거?"

"아니, 그거말고 먼저 했던 거."

"아들 손자 며느리 마커 모여 버스표나 끊어 처먹고 살아라."

"됐다. 그 아줌마 이제 평생 그렇게 살 거다."

"왜 그러는데? 아까 나한테는 그런 욕 하지 말라더니."

"야망을 가지고 떠나는 소년들을 속이면 평생 그렇게 살아야 하는 법이거든. 그 죄로 아들 손자 며느리다."

그땐 정말 기분이 그랬다. 승태는 몰라도 나는 야망을 가지고 지금 미지의 세계로 나아가는 것이라고. 비록 가겟방 아주머니한테 차비를 속긴 했어도 출발만큼은 상쾌한 기분이었다. 그런데 그 연속극 제목처럼 멋진 '야망의 길'이 얼마나 힘든 고행의 길인지 금방 온몸으로 알게 되었다. 그건 순전히 승태의 자전거 때문이었는데, 약속 장소를 시내 차부에서 성산 차부로 변경하면서 미처 멀미약을 챙기지 못한 것이었다. 시내 차부에서 만나기로 했다면 차를 타기 전 멀미약부터 사먹었을 텐데, 성산엔 그걸 파는 약방이 없었다. 그렇다고 그걸 승태에게 사오라고 진작에 말하지도 못했던 것이다. 그날엔 미처 그 생각을 할 사이도 없이 자전거를 어떻게 처리하느냐 하는 것만 중요하게 여겼다. 대관령의 몇 굽이길(아직 고속도로가 뚫리기 전의 그 울퉁불퉁한 자갈길)을 돌아올라가자 갑자기 속이 울렁거리며 아침에 먹었던 것까지 다 올라오는 기분이었다.

"왜 그래, 임마?"

승태가 서둘러 운전석 쪽으로 가 비닐봉지를 가져왔다. 처음엔 몇 번 헛구역질만 나오더니 이내 그 비닐봉지를 반쯤 채울 만큼 속엣것을 게워냈다. 승태가 얼른 그것을 창 밖으로 던지고 새 비닐봉지를 얼굴 앞에 대주었다. 어느 정도 게울 것을 게워냈는데도 계속 헛구역질이 나며 하늘이 샛노래지는 기분이었다. 하늘도 빙빙 돌고 자동차도 이 굽이 저 굽이 빙빙 도는 것 같았다. 승태는 내 얼굴 색깔도 노랗다고 말했다.

"멀대야, 멀대야, 니 자전거가 오늘 나를 죽이는구나."

"임마, 내 자전거가 왜?"

"말귀 못 알아들으면 봉지라도 좀 똑바로 대."

"알았어. 얼른 게워."

승태는 다시 내 등을 두드렸다.

"좀 살살. 여포 같은 새끼, 사람 잡을 일 있나. 시내 아무데나 자전거 맡기면 될 걸 가지고."

"이제 보니 니 내 자전거 걱정 때문에 그러는구나. 내 자전거 걱정말고 니 속이나 걱정해. 미제 자물통이라 누가 풀지도 못하니까."

"으이구…… 석두가 따로 없다. 두드리지 말고 그냥 문질러. 아프니까."

"자전거 걱정은 하지 말라니까. 이럴 때 소주 먹으면 좋다는데."

"소주는 새끼야. 약을 먹어야지."

"약이 없으니 하는 얘기지."

"그럼 소주는 있나? 이 멀대야."

"욕하지 말고. 창문 쪽으로 바람 좀 쐬고."

"니가 한번 게워봐라. 욕이 저절로 나오는가 안 나오는가."

나는 연신 승태에게 짜증을 부렸다. 그래도 승태는 내게 봉지를 대주고 등을 문질러주며 온갖 짜증을 다 받아주었다. 마음먹고 걸으면 하루만에도 오를 이 산이 이제까지 왜 내게는 품을 팔러 가거나, 대처 학교로 가거나, 돈을 벌러 떠나는 어른들만 넘을 수 있는 큰 세상이었던 것인지 속까지 뒤집혀 올라오는 멀미의 고통 속에 다시 한번 그것을 알 것 같았다. 성산에서 출발한 지 30분 만에야 대관령길 중간이라는 반정(半程) 집에 닿았다. 운전수도 내리고 차장도 내리고 승객들도 반쯤 자동차에서 내렸다. 밖에 나와 바람을 쐬니 속이 조금 진정되는 것 같았다.

5분쯤 쉬었다가 다시 자동차가 출발했다. 자동차를 타며 다시 큰 걱정을 했는데 박카스를 마신 때문인지 아까보다 속이 많이 좋아졌다. 그러다 자동차가 대관령을 넘을 땐 배 속만 빈 듯이 허하지 울렁거림은 많이 가라앉은 것 같았다.

"잘 봐. 여기가 말랑(꼭대기)이니까."

더 올리고 게워낼 것은 없지만 아직도 내가 헛구역질을 하며 침을 뱉은 봉지를 들고 승태가 말했다. 그곳에서 보이는 강릉은 참으로 작아 보였다. 우리집 같은 건 어느 산 어느 구석에 붙었는지 짐작조차 가지 않았다. 어른들은 세상이 좁다고 말했지만 그 위에서 보니까 강릉이 작고 좁은 건 알겠는데, 세상은 어른들이 생각하는 것처럼 그렇게 좁지만도 않을 것 같다는 생각이 들었다.

그 말랑에서 횡계까지 가며 본 차창 밖의 풍경도 참으로 경이로웠다. 무엇보다 놀란 건 이쪽과 저쪽의 산세와 풍광이었다. 빽빽하게 나무가 우거진 곳말고는 완만한 구릉을 따라 산이 곧 밭이었고, 밭이 곧 산이었다. 횡계로 가는 길 옆도 그랬다. 대관령 아래 우리 동네는 하지 무렵 잠시 감자꽃이 피었다가 지금은 순들이 다 말라버리고 땅속에 숨은 알들만 여물기를 기다리는데, 그곳은 이제 감자꽃이 한창이었다. 그 흰꽃의 무리가 마치 잘 가꾸어놓은 화원 같고 바다 같았다. 거기에다 여름에 심는 고랭지의 무밭과 배추밭도 바다처럼 끝없이 푸르렀다.

'아, 이런 데 와서 농사를 짓고 싶다.'

감자나 배추, 무가 심어진 산 같거나 바다 같은 밭들을 보며 내가 제일 처음 떠올린 생각은 그것이었다. 이제까지 내가 보고 배운 것은 농사와 학교 공부밖에 없었다. 어린 마음이지만 우리 동네의 손바닥처럼 작은 비탈밭이나 비탈논이 아닌 이처럼 큰 바다 같은 밭들에서 단지 먹고 살기 위한 농사가 아니라 서울의 큰 상인들을 상대로 하는 규모 있는 농사를 짓고 싶다는 생각을 한 것이었다. 그 밭들을 보는 동안 이제까지의 멀미와는 또다른 무엇이 내 가슴을 울렁거리게 했다.

"야, 저기 좀 봐라."

내가 승태에게 손가락으로 가리킨 곳은 넓은 밭 한쪽 끝에 낙엽송이 우거진 작은 언덕 같은 숲이 있고, 그 숲속에 마치 별장처럼 자리잡고 있는 빨간 지붕의 그림 같은 집이 있는 곳이었다. 어릴 때부터 나는 내 마음속의 이 산 너머엔 아주 커다란, 또다른 새로운 세계가 있고 나를 기다리는 희망의 파랑새가 있을 것이라고 생각했다. 그 꿈 그대로였다. 아니, 그 꿈 이상의 것이었다.

아, 정말 이런 곳에 와 농사를 지으며 저런 그림 같은 집을 짓고 살고 싶다.

나는 창 밖으로 고개를 내밀어 다시 그쪽을 바라보며 10년 후고 20년 후의 내 모습이 꼭 그러하기를 바랐다.

"이젠 멀미 안하네. 이 봉지 버릴까?"

"그래."

승태는 창 밖으로 비닐봉지를 날려버렸다.

"와 보니 어때?"

다시 승태가 물었다.

"정말 좋다. 나는 이다음에도 내가 농사를 짓고 살게 되면 꼭 이런 데 와서 농사를 지을 거다. 아까 그런 그림 같은 집을 짓고."

"이정수."

"왜 임마."

"니 아까 맹꽁이 엄마 얘기했지?"

"맹꽁이는 자식아. 맹자라니까."

"그게 그거지 임마. 맹자가 맹, 하니까 공자가 꽁, 하고. 니
도 그 맹꽁이 얘기하고 똑같다."

"뭐가?"

"느 집이 촌에 살아 맨날 본 게 그거니까, 땅만 보면 농사
생각이나 하고."

버스가 횡계에 도착했다. 집에선 아침 일찍 나왔지만 성산
까지 걸어오는 시간과 승태를 기다리던 시간, 그리고 다시 차
를 기다리고 그것을 타고 대관령을 넘어오는 시간을 합쳐 두
시가 다 되어가고 있었다. 그곳도 2층집이 서너 개밖에 없는
시골의 작은 동네였다. 그렇지만 차부를 중심으로 농협도 있
고, 쌀집도 있고, 약국도 있는, 성산과는 비교도 안될 만큼 큰
동네였다. 나는 우선 약국에 들어가 이따가 내려갈 때 먹을 멀
미약 하나를 샀다. 그런 다음 '태화루'라는 중국집으로 들어가
나는 자장면 보통을 시키고 승태는 곱배기를 시켰다. 나도 속

이 허해 곱배기를 시키고 싶었지만 암만 멀미약을 준비해도 이따가 혹시 먹은 것을 다시 게워내게 될까 봐 보통으로 참았다.

"니 아까 박카스 먹었다고 보통 시키는 거나?"

멀대는 말을 해도 꼭 그렇게 했다.

"아니."

"그럼 니도 곱배기 시켜."

"다 못 먹으면 아깝잖아."

"그런 걱정하지 말고. 남으면 내가 먹어줄 테니까."

그러니까 멀대도 먹는 데만큼은 머리를 쓸 줄 안다는 얘기였다. 그래서 함께 곱배기를 시켰는데, 나는 보통의 양만큼도 제대로 먹지 못했다. 자장면을 먹으면서도 이따가 다시 이것을 게우게 되면 얼마나 큰 굵기로 불어날 것이며, 그 양은 또 얼마나 될까 하는 생각에 입맛이 가시던 것이었다. 마지막엔 아까 차 안에서 승태가 내 얼굴 앞에 받쳐들고 있던 봉지까지 자장면 그릇 위에 어른거렸다.

"내 니 이럴 줄 알았다."

승태는 기다렸다는 듯이 내 자장면 그릇을 자기 앞으로 당겨가 순식간에 그것을 비워냈다.

"니, 이다음에 굶어죽지는 않겠다."

"잘 먹어서?"

"아니. 먹는 데는 머리가 팍팍 돌아가서."

"그거야 기본이지."

밖으로 나와 작은 소읍 같은 동네의 중심지를 한바퀴 둘러보았다. 다른 음식점도 있고, 술집도 있고, 당구장도 있고, 다방도 몇 개 있고, 작은 옷가게도 있고, 철물점도 있고, 그 안쪽 길에 작은 시장 같은 것도 있고, 극장만 없지 없는 것 없이 다 있는 동네였다. 그렇지만 시골 동네를 둘러보는 일은 그렇게 재미나지 않았다. 나는 승태에게 아까 왔던 대관령 쪽으로 다시 가보자고 했다.

"거긴 뭣 하러?"

"그냥. 여기는 뭐 더 둘러볼 데도 없으니까 가다가 밭도 보고 집도 보고, 그러다가 거기서 다시 차 타고 내려가면 되지. 너무 늦지 않게."

우리는 버스를 타고 왔던 길을 걸어 다시 대관령 쪽으로 향했다. 가면서 나는 다시 아까보다 자세히 길 옆의 감자밭과 무밭, 배추밭, 옥수수밭을 살펴보았다. 드물게는 당귀를 심거나 양미나리(셀러리)나 당근을 심은 밭도 있었다. 눈끝이 닿지 않을 만큼 넓은 밭을 보니 가슴이 탁 트이는 것 같았다. 무도 그랬지만 배추도 이미 그것을 뽑은 밭과 또 뽑을 때가 된 밭, 그리고 아직 더 있다가 뽑아야 할 밭 등 밭마다 씨를 뿌리거나 모종을 낸 시기가 달라보였다.

내가 멀미약을 준비했는데도 승태는 그 길 중간의 가게에 들어가 빵과 함께 마실 사이다와 소주 한 병을 사왔다.

"이건 뭣 허러?"

"이따가 니 멀미약 먹을 때 같이 섞어 마시라고. 약처럼."

"그럼 취하지 임마. 한 번도 안 먹어봤는데."

"그래도 멀미하는 것보다는 낫지. 아까 나는 니가 죽는 줄 알았다. 얼굴이 노래지는 게……."

"넌 이런 거 먹어봤나?"

"전에 우리 공장 형들이 줘서 조금."

"어떻더나?"

"많이 안 마시면 표도 안 난다. 어른들은 한자리서 이거 몇 병씩 마시니까 취하지. 그리고 좀 취해도 괜찮아. 멀미약 먹을 때 미리 먹을 거니까 차 탈 때면 다 깰 거고."

아까 보았던 집까지는 빠른 걸음으로도 30분이 더 걸렸다. 아마 그 집도 여름엔 더위를 피하고 겨울이면 스키를 타러 오기 위해 지은 집일지 몰랐다. 나는 이다음 이곳에 와 농사를 짓더라도 꼭 저렇게 별장처럼 집을 지을 것이라고 생각했다.

"안에 들어가보자."

"뭣 하러?"

"싫으면 닌 여기 있어. 나 혼자 들어가 볼 테니까."

나는 이런 곳에서 농사를 지으며 저런 그림 같은 집을 짓고 살 수만 있다면 하는 마음에서 그 집을 더 가까이에서 보고 싶었다. 대체 저런 집은 어떻게 짓고, 마당엔 또 무얼 심어 어떻게 꾸며놓았는지. 그러나 우리는 그 집 마당까지는 들어가보지 못했다. 집 앞에서 잠시 쭈뼛대다가 마치 소풍이라도 온 것처럼 그 뒤의 작은 언덕 같은 숲에 올라가 미리 준비해간 빵을 먹고, 사이다를 마셨다.

"니 그거 아나?"

사이다를 마시던 중 다시 나의 친애하는 성교육 은사가 물었다.

"뭘?"

"여기 사이다에다가 미원을 타 먹으면 어떻게 되는지."

"그럼 달지 않고 밍밍하겠지."

"정수, 닌 정말 뭘 모르는구나."

"뭘 임마."

"여기에다 미원을 타 여자한테 먹이면 완전히 맛이 간다."

"어떻게 가는데?"

"그러면 이게 흥분제가 되거든. 그것만 먹여놓으면 남자가 하자고 하지 않아도 여자가 먼저 막 박아달라고 그런다."

"해봤나?"

"아니, 그런 건 아니지만, 우리 공장 형들이 그러는데 정말 그렇대. 그 형들은 다 해보고 하는 소리거든. 미원을 암만 많이 타도 사이다가 쎄서 맛도 표시 안 나고."

"그럼 니도 느 누나한테 한번 해봐라. 정말 그런지 안 그런지."

"이 새끼가······."

그러고 나서 나는 승태가 해주는 대로 다 마신 사이다 병에 멀미약과 소주를 같은 양으로 섞어 마셨다. 정말 약만 아니라면 도로 뱉어버릴 만큼 지독하게 썼다. 그러나 승태가 보는 앞이라 얼굴을 찡그리지는 않았다.

"맛이 어떻나?"

"좋다. 니도 한번 먹어봐라. 소주를 넣어 그런지 조금 단맛도 나고."

나는 내가 마신 멀미약과 소주를 합친 것만큼 사이다 병에 소주를 부어 승태에게 주었다.

"이렇게 많이?"

"겁나냐? 전에도 먹어봤다면서."

"겁나긴 임마."

"겁나면 마시지 말고."

그러자 승태는 일부러 나 보아란듯이 중간에 입도 떼지 않고 그것을 다 마셨다.

"좋지?"

"그래. 닌 약을 섞어 마셨지만 소주만 마시니 더 좋은 것 같다. 니도 소주만 마셔볼래?"

싫다고 할 수 없어 그럼 먹기 편하게 약병에 따라 마시자고 했다. 그렇잖으면 승태가 조금 전 자기가 마신 양만큼 부어줄 것이었다. 그래서 나도 한 번, 승태도 한 번 더 그 약병으로 소주를 마셨다. 그런데도 소주는 아직 3분의 1이나 남아 있었다.

"더 마시지 말자. 배부른데."

그런 말도 내가 해야지 그만 마시고 싶어도 승태는 절대 그런 말을 먼저 할 놈이 아니었다. 교실에서 잉크 먹기 내기를 할 때에도 그랬다.

아니나다를까 금방 얼굴이 확확 달아오르는 것 같았다. 아닌 것처럼 해도 승태 역시 그런 것 같았다. 취한다는 것이 바로 이런 것이구나 싶었다. 그러나 기분만은 한껏 좋았다. 턱없이 용기도 생기는 것 같았고, 어느결에 우리가 어른이 된 듯도 싶었다. 우리는 나란히 풀숲에 누워 하늘을 바라보았다.

승태가 다시 몇 가지의 성교육을 했다. 자기가 들었다는 사이다에 미원을 타 마신 여자 이야기도 다시 했고, 그것을 할 때 남자에게서처럼 여자의 그곳에서도 나오는 물이 있다는 얘기도 했다. 나는 말도 안 되는 소리 하지도 말라고 했고, 승태는 뭐도 모르는 놈이 더 우긴다며 그런 이야기들을 마치 자기가 직접 보고 겪은 것처럼 말했다. 그러다가 다시 승태가 말했다.

"우리 여기서 같이 그거 해볼래?"

"뭘?"

"홍콩 가는 거. 누가 먼저 가는지."

아마 처음 마셔본 술기운도 있었을 것이다.

"좋아."

우리는 서부의 총잡이들처럼 서로 등을 대고 돌아서서 허리띠를 푼 다음 자지를 잡고 '어느 날 나는 친구집에 놀러 갔다'를 했다. 그런데 친구는 없고 친구 누나 혼자 잠을 자고 있었다. 나는 가만히 다가가 친구 누나의……

물론 승태가 이겼다.

"니 그거 할 때 누구 생각했나?"

나중에 다하고 나서 승태가 물었다.

"니는?"

"아까 우리 오다가 저거 산 집 있지?"

"응."

승태가 그것을 사는 동안 밖에 서 있기는 했지만 나도 가게 안에 우리 또래쯤으로 보이는 여자아이가 있는 걸 보았다. 중학교 3학년이거나 많아야 고등학교 1학년쯤 된 것 같았다. 그렇지만 승태도 중학교 시험에 붙어 제대로 학교를 다녔다면 고등학교 2학년이었다.

"이쁘더나?"

"강릉여중 애들은 비교도 안 된다. 이름도 알고."

"물어봤나? 엄마하고 같이 있는 것 같던데."

"아니. 사이다 살 때 그 집 엄마가 은혜야, 저쪽 아이스박스에서 사이다 좀 꺼내와, 하는 소리를 들었거든. 니는?"

"넌 말해도 모를 거야."

"누군데?"

"우리 동네에도 그런 애가 하나 있거든."

그러나 나는 지난 겨울 승태가 그것을 가르쳐준 다음부터 늘 그랬던 것처럼 승태 누나의 얼굴과 몸에 꽉 끼어 그곳이 더욱 굴곡져 보이는 누나의 '했다표' 청바지를 떠올렸다. 그러면서도 언덕 아래의 넓은 밭과 빨간 지붕 집을 바라보며 이다음 정말 농사를 짓게 되면 꼭 이곳에서 저런 그림 같은 집을 짓고, 승태 누나처럼 키도 늘씬하고 얼굴도 어여쁜 여자와 결혼하여 살거라고 다짐했다.

열다섯 살 여름, 평생 바라보기만 했지 처음 올라가본 대관령에서 내가 꾼 꿈은 그랬다.

6

나는 빨리 어른이 되고 싶다

승태 대관령에 다녀온 그 여름부터 가을까지 나는 두 번이나 더 혼자 대관령에 갔다왔다. 한 번은 여름방학이 끝나기 바로 직전이었는데, 이제 개학을 하면 다시 가기 힘들겠구나 싶어 승태네 집에 놀러 간다고 말한 다음 강릉 시내 차부에서 표를 끊어 올라간 것이었다(오가는 길, 성산 차부에 잠시 자동차가 멈출 때 불안했던 마음 무엇으로 표현하랴). 그때에도 나는 횡계에서부터 걸어 그곳까지 갔고, 그 뒷산 숲에서 혼자 온 것이 너무도 심심하여 '어느 날 나는 친구집에 놀러 갔다'를 하며 지난번과 똑같은 마음속의 다짐을 했다.

그리고 바로 지난주 일요일(그래서 전날 미리 멀미약을 준비하여) 또 한 차례 대관령을 다녀왔다. 동네 어른들이 감자를 파러 그곳으로 간다고 하길래 미리 아버지의 허락을 받고(훌륭한 아버지일수록 그런 허락에 인색하지 않다) 하루 반품값을 받고 다녀 왔던 것이다. 그때엔 자동차를 타고 지나가면서만 봤지 그 집 가까이는 가보지는 못했다. 그냥 그 집이 있는 대관령에 가보 고 싶었고, 그곳은 또 감자 수확을 이곳과 비교하여 밭 면적당 어느 정도 하는지 직접 알아보고 싶었다. 아버지의 허락도 그 래서 받을 수 있었다. 두 번 갔을 때마다 만약 내가 이다음 농 사를 짓고 살게 된다면 그곳은 바로 이곳이다, 하는 확신을 심 고 온 것이었다.

그리고 겨울이 왔다. 고등학교 입시철이 된 것이다. 담임선 생님이 희망 고교의 1지망과 2지망을 적어 내라고 해서(두 군 데 다 지원할 수 있는 것은 아니지만 실력이 안되는 사람들에겐 2지망 을 권유하기 위해) 나는 1지망으로 상고를 쓰고 2지망으로 농고 를 썼다. 제법 공부를 한다고 반에서 꼴값을 떠는 몇 명은 아예 2지망은 쓰지 않고 1지망만 크게 강고라고 썼다.

"닌 뭘 썼나?"

승태도 1지망으로 상고를 쓰고 2지망으로 농고를 썼다고 했다.

"왜? 강고가 안 되면 다른 인문계라도 가지."

"골 아프다. 인문계 가서 길게 공부해봐야. 그런데 니는 왜 강고 안 쓰고 상고하고 농고를 썼나?"

"내 말이 니 말이다. 길게 공부해봐야 골 아프니까. 별로 배울 것도 없이 돈 낭비하고 시간 낭비하고."

그날 셋째 시간과 넷째 시간의 자율학습 때 담임선생님은 선생님이 생각하는 실력과 희망 고교가 틀린 아이들을 차례대로 교무실로 불렀다. 나는 넷째 시간 중간에 불려갔다. 먼저 불려간 사람이 다음 사람을 부르는 식이었다.

"이정수."

"예."

"느 집에 요즘 무슨 일 있나? 갑자기 집에서 니 학비 걱정해야 할 만큼. 선생님은 느 집이 농사도 크게 한다고 알고 있는데."

"아무 일 없습니다."

"그럼 왜 강고를 안 쓰고 상고와 농고를 썼나?"

"거기 가고 싶어서 썼습니다."

"왜, 니는 니 형처럼 공부하기 싫냐?"

형도 내가 다니는 중학교를 나와 선생님들 대부분이 다 알고 있었다. 아니, 그렇지 않더라도 형 얘기는 강릉에 있는 학교 대부분의 선생님들이 알고 있을 것이다. 몇 해 전의 일이지만 참 유명도 했다, 강고의 이정석. 시험만 봤다 하면 도에서 수석하고.

"대답을 해 이놈아. 공부하기 싫냐고?"

"예!"

굳이 대답을 하라기에 나는 내가 생각하기에도 참 우렁차게 대답했다.

"예에?"

다른 때 같으면 반항하는 거냐고 벌써 꿀밤이 날아오거나 출석부로 이쪽 저쪽 머리를 쳤을 것이다.

"허허, 이놈 보게. 형만큼은 아니래도 그래도 학교 전체에서 3등 안에 드는 놈이. 지금도 하지 않아서 그렇지 하기만 하면 늘 1등 할 놈인데 왜 그래?"

아마 그 말도 나를 달래기 위해서 한 소리였을 것이다. 나는 내 뜻을 굽혀서는 안된다고 생각했다.

"저는 형처럼 공부로 성공할 것 같지가 않습니다. 얼른 고등학교를 마치고 돈을 벌 생각입니다."

"니가 돈을 벌어?"

"예. 전부터 결심한 일입니다."

나는 상고에 가서 조금만 열심히 공부하면 3년 후 한국은행

같은 델 들어갈 수가 있고(얘기 많이 들었다. 거기가 얼마나 좋은
덴지), 그러면 남들보다 몇 해는 일찍 돈을 벌 수 있을 거라고
다시 내 생각을 말했다. 그 돈으로 무얼 하겠다는 얘기는 농사
가 무언지도 모르는 선생님한테 너무 허황하게 들릴 것 같아
더 이상 말하지 않았다. 물론 농사를 지을 생각이면 상고보다
직접 농사 짓는 기술을 배우는 농고를 생각해볼 수도 있다. 그
러나 기술도 중요하지만 그 전에 좀 괜찮은 직장에 들어가 우
선 돈을 벌어야 했다.

　선생님은 실력이 안 되고 나중에 대학 갈 집안 형편이 안
된다면 모를까 내가 상고보다 인문계 고등학교를 가는 게 왜
더 나은지, 또 지금으로선 당연히 왜 그래야 하는지를 먼 훗날
의 일을 들어 설명했다. 사람의 일이란 빨리 시작해도 크게 이
루지 못하는 것이 있고, 조금 늦게 시작해도 크게 이룰 수 있는
것이 있다고. 그래도 내가 말을 듣지 않자, 지금은 그런 생각을
해도 당장 3년 후 남들이 대학 가는 것을 보게 되면 그때 아무
리 좋은 직장에 들어간다 해도 내가 왜 그랬던가 후회하게 될
거라고 말했다.

　"저는 절대로 후회하지 않습니다. 공부도 제 인생에서 가능
한 빨리 끝내고 돈을 벌고 싶습니다."

"그럼 중학교만 다니고 말지 임마."

"그러면 제 뜻보다 할 수 있는 게 너무 적기 때문입니다."

"남들은 실력이 안돼도 거기 가지 못해 난린데, 이놈은 어째…… 느 아버지도 니 상고 가고 싶어하는 걸 아나?"

"압니다."

"그래서 거기 가라고 그러더냐?"

"아직 허락하시지 않았지만 곧 허락을 받을 겁니다. 또 허락을 하실 겁니다."

"이정수."

"예."

"니가 선생님 아들이나 동생이면 오늘 뼈도 못 추렸다. 여건이 안된다면 모를까 사람이 뜻을 크게 가져야지."

나는 선생님에게 내 계획을 애기할까 하다가 그만두기로 했다. 농사의 농자도 모르는 사람들에게 그런 애기를 해봐야 나이도 어린 놈이 허황된 꿈이나 꾼다고 할 것이었다.

"아무튼 지금은 안돼. 꼭 상고를 사고 싶으면 그게 니 혼자 생각인지 아니면 어른들도 같은 생각인지 알아야 하니까 아버지를 모시고 와. 그러면 내가 어디든 원서를 써줄 테니까."

그날 저녁 나는 정식으로 아버지에게 내 생각을 말했다. 공부는 머리 좋은 형이 하면 되고 나는 고등학교만 마치고 사회에 나가 일찍 돈을 벌 거라고 했다. 처음엔 아버지도 선생님과 같은 말을 했다. 집안 형편이 나를 대학에 못 보낼 것도 아니고, 공부도 내가 노력하지 않아서 그렇지 제대로 하기만 하면 형을 못 따라 갈 것도 없다고. 지난해 승태네 집에 가서 1주일 동안 공부를 했는데도 너는 전교 1등을 하지 않았었느냐고.

아버지 역시 내 마음을 돌리려고 듣기 좋게 한 소리였을 것이다. 그렇지만 나는 꼭 상고를 가고 싶고, 한국은행 같은 델 들어가 돈을 벌어 나중에 대관령 같은 데서 큰 기업농가를 이루고 싶다고 말했다. 뒷 얘기 역시 아버지는 먼저 시작하는 것과 조금 나중에 시작하는 것의 차이를 들어 선생님과 같은 말을 했다.

인문계 고등학교와 농대 얘기를 하길래 나는 대학까지 가 오래 공부하는 것이 내 취미에도 맞지 않고 적성에도 맞지 않다고 말했다. 그리고 고등학교만 나와서도 대학을 나온 사람들보다 더 현대적이고 과학적인 농사를 지을 것이며 형보다 더 돈도 많이 벌고 훌륭한 사람이 될 거라고 말했다. 그러다 나중엔 지난해 승태 아버지가 왔을 때 아버지도 그렇게 말하지 않았느냐는 말까지 했다. 그때 아버지는 앞으로도 공부는 우리

스스로 알아서 하도록 놔둘 거고, 우리가 하고 싶으면 하고 하기 싫으면 말고 이래라 저래라 억지로 시키지는 않을 거라고 말했다.

나는 아버지와 3일 동안 같은 얘기를 했다. 나는 내 장래의 일을 스스로 결정할 수 있을 만큼 다 컸다고 생각하고 있는데, 아버지는 자꾸만 아직 내 생각이 어려서 그렇다고 말했다. 중간에 어머니가 너 때문에 아버지가 밤잠을 이루지 못한다고 했지만, 나는 끝까지 내 고집을 꺾지 않았다. 정 인문계 고등학교를 가라고 하면 시험 때 모두 오답을 쓰고 나올 거라고도 말했다.

나흘째 되는 날 아버지가 다시 나를 불렀다.

"거기 똑바로 앉아라."

"예."

"니 뜻대로 하는 것에 대해 나중에라도 정말 후회하지 않겠느냐?"

"안 해요."

"형은 대학을 나오고 니는 나오지 못하면 그게 나중에라도 니 마음에 씨가 되지 않겠느냐?"

"예. 저는 형과 다른 길로 성공할 거예요. 두고 보세요. 틀림없이 성공할 거라구요."

"나중에, 그때 왜 때려서라도 니를 좀 더 세게 바로 붙잡아 주지 않았느냐고 에미 애비를 원망하지 않겠느냐?"

"안 해요. 지금 허락해주시는 것도 평생 고맙게 여길 거라니까요."

"아직은 니가 다 크지 않아서 그렇지 언젠가는 그렇게 될 때가 있을 거다."

"안 그래요, 아버지."

"아니. 니는 아직 모른다. 그렇지만 그걸 알면서도 아버지가 니 뜻을 허락하는 건 두 가지 생각 때문이다."

"……."

'말씀하세요.' 그런 마음으로 나는 다시 자세를 고쳐앉았다.

"하나는 아직 어린 지금의 니를 못 믿어서이고, 또 하나는 나중에 다 자라게 되었을 때의 니를 애비가 미리 믿는다는 얘기다."

지금까지 아버지가 나를 이렇게 무릎 꿇리듯 앞에 앉혀놓고 라디오 연속극 "왕비열전"에 나오는 왕처럼 비장하고 엄숙하게 말 한 적이 없었다. 집안의 큰아들도 아닌데 나는 내가 꼭 부모 속이나 썩일 일을 골라 하는 양녕대군이라도 된 듯한 생각이 들었다.

"무슨 얘긴 줄 알겠느냐?"

"······."

"그걸 알면 이러지도 않겠지. 그러니 이제부터 애비가 하는 말 잘 들어라. 내가 니 무엇을 못 믿고 또 무얼 믿는지."

"예."

"지금이라도 때리고 달래서 니 생각을 달리하게 하고 싶다 만, 그렇게 해서 강고를 간다 해도 이미 니 마음에서 떠난 공부 가 돌아올 것 같지가 않다. 이제까지는 그런 대로 했다만, 지금 에미 애비가 니 장래를 위한다고 억지로 니 뜻을 꺾으면 느나 마 그렇게 하던 공부도 아예 손을 놓고 엉뚱한 생각이나 할까 봐 걱정이고. 지금이라도 애비가 널 믿으면 바로 잡아보겠지만 널 믿지 못하니 니가 하고 싶어하는 대로 놔둔다는 뜻이다."

"그렇지만 믿게 할 거예요. 상고 가서도 열심히 공부할 거 구요."

"두 번째는 아직 알아듣기 어려운 얘기겠다만, 이제부터 니 가 어떤 공부를 하고 또 어떤 길로 가든 나중에 좀 더 나이가 든 다음 언젠가는 니가 꼭 가야 할 길로 제대로 갈 거라는 걸 믿는다는 얘기다."

"고맙습니다, 아버지. 믿어줘서."

"고작 그렇게 대답을 하는 걸 보니 아직 말귀를 못 알아들은 모양이구나. 그렇지만 앞으로도 늘 새겨서 생각해라, 애비가 두 번째 한 얘기. 언젠가는 애비 말뜻을 알게 될 때가 있을 테니."

"예."

다음날 학교에 가 나는 선생님에게 이제 아버지도 허락을 하셨다고 말했다. 그러나 선생님은 내 말을 믿지 못하겠으니 꼭 아버지를 모시고 오라는 것이었다. 우리 아버지를 얼마나 안다고, "내가 알기로 느 아버지는 니를 그렇게 하도록 내버려 둘 분이 아니셔. 형을 보면 몰라?" 하는 말까지 하면서.

"어머니면 안 되겠습니까?"

"어머니든 누구든 집안 어른 모시고 오라고. 안 모시고 오면 선생님이 일부러 시간을 내서라도 느 집 가정방문을 할 테니까. 알았어?"

"예."

"선생님이 니 하나 때문에 이러는 게 아니야. 선생님이 아는 니 아버지를 생각하고 니 형을 생각해서 그러는 거지. 나중에 두 사람한테 학생 진학지도도 제대로 못하는 형편 없는 선생이라는 소리 듣지 않으려고."

그래서 그날 내내 작전을 짰다. 아버지가 학교에 가면 선생님한테 어떤 설득을 당할지도 모를 일이었다. 설득도 아는 사람이 당하지 모르는 사람은 아예 당하지 않는다. 거기에다 현재로선 선생님의 뜻과 아버지의 뜻이 같다는 것이었다. 선생님이 아버지를 부르는 것도 단순히 그것의 확인만을 위해서 그러는 게 아닌 것 같았다. 당장은 힘들다 하더라도 또 얼마 기간 동안 좀 비뚠 마음을 갖게 된다 하더라도 이 중요한 시기에 아이 장래를 위해서라도 좀 더 야단을 치고 나무라서 바로 잡아주어야 되지 않겠습니까, 어쩌고 하면 그런 선생님의 말을 듣고 아버지도 얼마든지 어제의 생각을 바꿀 수도 있는 일이었다. 또 가만히 보니까 아버지도 그렇고 선생님도 나를 그냥 '이정수' 하나로만 보는 것이 아니라 '이정석의 동생 이정수'로 보는 것 같았다. 그러니까 형도 이렇게 했는데 너도 이렇게 해야지, 하는 식으로.

학교에서 돌아와 나는 할머니에게 내일 학교에 가자고 말했다. 그러니까 아버지 어머니한테는 말하지 말고 시내 어디 갈 데가 있다고 하곤 나하고 같이 학교로 좀 가자고. 우선 나쁜 일로 가자는 게 아님을 충분히 말씀드리고, 왜 가는지는 내일 아침 학교로 가면서 다시 말씀을 드리겠다고 했다. 할머니가 학교로 가지 않으면 내 장래에 많은 불이익이 있을 거라는 얘

기도 했다. 아버지가 가지 않고 꼭 할머니가 가셔야 해결될 일
이라서 그런다고. 그리곤 훌륭한 인물들의 할머니에 대해 많은
이야기를 해드렸다. 맹자의 할머니와 공자의 할머니에 대해서
도 얘기해드리고, 이율곡의 할머니와 대통령인 박정희의 할머
니에 대해서도 되는 대로 막 지어서 얘기해드렸다. 아마 내가
이다음 성공하게 되면 그것도 아버지 어머니보다 할머니의 덕
일 거라고.

물론 성공이었다. 70이 넘으신 할머니께 선생님이 강고는
어떻고 상고는 어떻고 어떻게 설명을 할 수 있겠는가. 단지 할
머니에게 아버지도 그렇게 하기로 허락하고 결정한 일이냐고
만 물었다. 할머니는 그렇다고 대답했다. 집에서 있은 일도 얘
기했다.

"느 형은 지금 어디 있나?"

"군대 갔습니다."

"내 그럴 줄 알았다. 형이 없으니 니가 지금 이러지."

선생님은 입맛을 쩍쩍 다시며 상고에 지원할 내 원서를 써
주었다. 그러면서 말했다.

"니 이다음 분명히 후회할 거다."

천만에.

예술? 그러면 밴드부로 가라

그렇게 열여섯 살이 되었다. 고등학생이 된 것이다. 지난 겨울 방학 동안 휴가를 나온 형은 그야말로 내게 방방 떴다. 그러나 이미 영화가 끝나고 게임이 끝난 걸 어쩔 것인가. 대신 목을 벨 천관의 말도 없는데.

"차라리 재수를 해라."

그걸 말이라고 하냐? 차라리 망쳐라, 망쳐.

그런 얼굴로 나는 형을 바라보았다.

"하여간 사람만 없으면 너는 꼭 일을 벌이는구나."

"걱정 마. 내가 알아서 할 거니까."

"두고 봐라. 니 그런 머리 때문에 손발이 일찍 고생하지."

"그것도 걱정하지 마. 고생해도 형 손발이 아니라 내 손발이 고생할 거니까."

"아버지도 참 그렇다. 어떻게 널⋯⋯."

"걱정하지 말라니까. 형은 형대로 공부로 출세해서 성공해. 나는 나대로 손발 고생시키면서 출세해 성공할 테니까."

물론 형은 나에게 한 펀치를 먹이고 싶었을 것이다. 때리면 나도 맞을 수밖에 없다. 그러나 열여섯 살이 된 내 키도 어느덧 170센티미터로 자란 것이다. 아직 더 자라야 하지만 뼈대도 굵어질 만큼 굵어졌다.

"그리고 승환가 뭔가 하는, 니 친구 누나한테 내 주소 알려 줬나?"

"그건 국가 보안도 아니잖아. 편지 왔어?"

"그건 니가 알 것 없고."

"알 거 없으면 말할 것도 없는 거지."

보름 만에 형은 부대로 돌아갔다. 그리고 코가 노랗게 한 달 놀다가 새 학교의 새 학기가 시작되었는데, 그 한 달 동안도 그냥 놀기만 한 것은 아니었다. 동네에 새 이웃이 이사를 왔다. 대관령 너머 차항에 살던 영서 사람이라고 했다. 그것만으로도 나는 참으로 반가운 이웃을 만난 셈이었다. 그 아저씨는 나이가 서른다섯 살이라고 했고, 그곳에서 10년 가까이 고랭지 채소 농사를 지었다고 했다. 그리고 영을 넘어 이곳으로 이사를 온 다음에도 이곳과 그곳에 함께 농사를 지을 것이라고 했다. 그것이 가능한 건 고랭지의 농사는 봄과 여름 한철 농사이기 때문이었다. 앞으로 내게도 큰 배움이 있겠다는 뜻이었다.

그리고 학교에 갔는, 딱 한 달 만에 지난 겨울 그렇게 애써 싸워 들어간 그 학교 선택에서 내가 무언가 크게 잘못하거나 착각한 것이 있다는 것을 알게 되었다. 내가 상고를 선택한 것은 졸업과 동시에 한국은행 같은 델 들어가 남보다 빨리 돈을 벌자는 것이었다. 그러나 그것만 생각했지, 나중에 그런 데 근무하는 것에 대한 적성은 둘째치고 우선 그런데 들어가기 위해 해야 하는 공부에 대한 적성을 전혀 생각하지 않은 것이었다. 이제 딱 한 달밖에 지나지 않았는데, 상고에서 중점적으로 하는 공부가 전혀 내 적성에 안 맞는 것이었다.

이를테면 이런 것이었다.

왼손잡이인 나는 오직 글씨를 쓰는 일만 오른손으로 한다. 어릴 때 어머니한테 엄청 두드려 맞으면서 길을 들인 것이었다. 그밖에 다른 것은 다 왼손으로 했다. 중학교에 처음 들어갔을 때 상급생에 대한 거수경례도 왼손으로 할 때가 많았다. 왜냐면 그것이 내겐 바른손이었기 때문이다. 글씨를 쓰다가 자를 대고 금을 그어야 할 일이 있으면 금방 손을 바꾸어 오른손으로 자를 잡고 왼손으로 연필을 잡는다. 컴퍼스로 원을 그릴 때에도 그렇다. 오른손으로는 자를 대고 줄 하나 긋는 것도 서툴다. 그림도 왼손으로 그린다. 미술 시간에 붓도 왼손으로 잡고, 스케치도 왼손으로 한다. 오직 글씨만 오른손으로 쓰는 것이다. 그래서 아버지와 형의 글씨는 반듯반듯하지만 고등학교 1학년인데도 내 글씨는 초등학교 아이들 수준밖에 되지 않았다. 단지 오른손으로 숙달되어 빠르고 늦고의 차이뿐이지 왼손으로 써도 느려서 그렇지 그만큼은 쓴다.

그런데, 그런 오른손으로 연필을 잡고 주산을 놓아야 하는 것이다. 맞을 리가 없다. 주산알 하나를 올리면 두 개가 올라가고 두 개를 내리면 하나 더 묻어 세 개가 내려오기 일쑤였다. 그래서 왼손으로 해보았다. 왼손으로 주산을 놓고 오른손으로 정답을 쓰는 식으로. 그런데 글씨를 쓰는 그 미세한 감각의 일을 워낙 오랫동안 오른손에 맡겨놓아 주산알을 움직이는 일에 내 왼손이 이미 다른 사람의 오른손 같지가 않은 것이다.

틀렸구나.

쉽게 절망하고 쉽게 낙담했던 것은 아니었다. 고작 그런 핸디캡 때문에 한국은행에 들어가는 기회를 놓칠 수는 없는 일이었다. 그래서 오른손으로도 해보고 왼손으로도 해보다가 둘다 여의치 않아 암산으로 그것을 극복하기로 했다. 처음엔 좀 되는 것 같았다. 열다섯 줄 모두 더하기와 중간중간 빼기가 있는 가감식은 앞으로도 노력하는 것만큼 암산으로 극복될 것 같았다. 그런데 문제는 곱하기와 나누기였다.

$64786.42 \times 587.63 =$

혹은,

$7240836 \div 983.67 =$

이런 승제계산을 암산으로 10분 안에 20문제를 푸는 것이 어느 천재의 머리로 가능할 것인가. 절망하면서도 한 학기 동안 나는 틈날 때마다 참으로 부지런히 엄지손가락과 집게손가락 운동을 했다. 주산도 남들은 학교 수업 시간에만 연습하고 말지만 집에서도 하루 두세 시간씩 연습을 했다. 그러나 안 되는 것이었다. 하나를 올렸는데도 두 개가 올라가고, 두 개를 내렸는데도 세 개가 따라 내려오고. 기본적으로 1학년 때는 3급을 따야 하고, 2학년 때는 2급, 3학년 때는 1급을 따야 하는데 그러나 내 손가락으로는 3학년까지 가도 4급이 불가능할 것 같았다. 그렇다면 다른 공부를 아무리 잘한다 해도 한국은행은 커녕 동네 새마을금고도 어림없는 노릇이었다.

거기에다 다른 수업들도 그랬다. 부기라고 해서 맨날 장부

계산이나 하고, 1주일에 서너 시간씩 타자를 치고, 인문영어 시간과 똑같이 배정된 상업영어 시간 동안 텔렉스 전문이나 오퍼 전문의 쓰기와 해석을 배우고…….

그런 공부도 처음부터 적성이 안 맞은 건 아니었을 것이다. 결정적으로 주산을 놓는 일이 내 손에 안 맞는 걸 알게 되자 상업계 공부 전체가 안 맞게 되었을 것이다.

유유상종이라고 반에 김병하라는 또 한 명의 그런 친구가 있었다. 내가 심각하게 이쪽 학교 공부와 맞지 않는 내 적성 이야기를 하자 그 친구 역시 자기 적성 이야기를 했다.

"나도 안 맞아 미치겠다. 이러려고 고등학교에 온 게 아닌데 말이지."

"그럼 니는 무얼 하고 싶은데?"

"농담이 아니라 나는 정말 예술을 하고 싶거든. 이다음 꼭 예술가가 되고 싶고."

그래서 반에서도 예술, 혹은 예술가라는 별명으로 통하던 친구였다.

"나는 니 별명만 그런 줄 알았더니. 그렇지만 예술도 여러 분야잖아. 음악도 있고 미술도 있고. 니는 어떤 예술을 하고 싶은데?"

"그런 쪽도 내 적성이 아닌 것 같고 이다음 시도 쓰고 소설도 쓰고 싶고 영화 같은 것도 하고 싶고 그렇다."

"배우 말이나? 여기 강릉에선 그런 거 할 수도 없을 텐데."

"영화를 한다고 꼭 배우가 되어야 하는 건 아니거든. 감독을 할 수도 있는 거고, 시나리오 작가를 할 수도 있는 거고."

그래도 그 친구는 자신의 미래에 대한 어떤 계획을 가지고 그 방면으로 제법 연구를 한 듯했다.

"그러면 예술고등학교 같은 데 가야지. 일찍부터 그 방면으로 나가려면."

"나야 그러고 싶었지. 그런데 우리 아버지가 보내줘야 말이지. 우리 아버지는 예술이 뭔지도 모르는 사람이니까. 내가 안양예고 얘기를 하니까 우리 아버지가 뭐라는 줄 아나? 야, 이놈아, 꼴값 떨지 말고 상고나 가, 그러는데 미치겠더구만. 솔직히 우리야 아버지가 안 보내주면 어디든 갈 수가 없는 거고."

"그렇지만 우리 학교엔 문예반도 없잖아. 있으면 나도 거기 들어갈까 했는데."

"그러니 미치고 환장하겠다는 거지. 장차 대한민국의 대예술가가 이렇게 자신의 청소년기를 썩이고 있어서야 되겠느냐고."

말하는 것도 늘 그런 식이었다. 농담처럼 말하면서도 스스로를 언제나 대문호, 대예술가, 대영화감독 자리에 올려놓곤 했다. 그런 그 친구가 어느 날 담임선생님을 찾아갔다. 물론 나에게도 오늘 자기의 인생에 대한 모든 것을 결판내겠다는 이야기를 하고서. 다시 말해, 자퇴를 하고 자기 인생의 진로를 처음부터 다시 시작하겠다는 것이었다. 그 친구가 교무실에서 담임선생님과 어떤 이야기를 했는지 직접 보지는 못했다. 그러나 얘기를 들으니 대충 이런 식인 모양이었다.

김병하 : 선생님.

선생님 : 어, 너 왜 왔어?

김병하 : 제 인생에 대해 선생님께 상담 좀 하러 왔습니다.

선생님 : 말할 게 있으면 빨리 말해. 나 좀 있다가 수업 들어가야 하니까.

김병하 : 저, 학교 자퇴하려고 합니다.

선생님 : 뭐, 자퇴?(선생님들은 이 말만 하면 왜 알레르기 반응을 보이는 건지.)

김병하 : 예.

선생님 : 이놈 보게. 자퇴가 동네 애들 이름이냐? 왜 그러는지 말해봐.

김병하 : (자세하게 자기의 예술론에 대해 말하고.)

선생님 : 그러니까 너는 꼭 예술을 하고 싶고, 예술가가 되고 싶다 이 얘기지?

김병하 : 예. 그런데 우리 학교엔 문예반도 없고…….

선생님 : 야, 임마. 그렇지만 우리 학교엔 밴드부가 있잖아. 브라스 밴드가.

김병하 : 예?

선생님 : 야, 밴드도 예술이다. 너 오늘부터 밴드부로 가. 내가 음악선생님한테 말해줄 테니까. 어이, 김선생. 이리로 좀 와봐.

그날로 그 친구는 담임선생님과 음악선생님한테 끌려가 밴드부에 입단했다. 자기의 선택이 들어가고 말고 할 것도 없는 것이었다. 그 친구는 예술을 위해 자퇴를 하고 싶다고 했고, 그런 문제학생의 자퇴를 막기 위한 최선의 방법으로 담임선생님은 그를 밴드부로 보낸 것이었다. 조금 희극적이긴 해도 내 처지 역시 그와 크게 다르지 않은 것이었다.

기다려라, 빨간 지붕

고등학교 생활 시작과 함께 마음 안에서 공부가 점점 멀어
갈 즈음 농사에 대한 내 생각은, 그리고 그것을 통해 하루라도
빨리 어른이 되고자 하는 내 꿈은 참으로 이상한 방향으로 점
점 가지를 뻗으며 부풀려져 나갔다. 이렇게 학교를 다니면 무
얼 하나. 하루라도 빨리 내 계획과 내 규모의 농사를 짓는 게
낫지. 자꾸만 그런 생각이 들던 것이었다. 어차피 공부를 해도
한국은행은커녕 다른 은행 같은 데도 가지 못할 게 뻔하고, 그
러면 졸업 후에도 다른 선택 없이 농사를 짓고 말아야 하는데
그럴 거면 진작에 학교를 그만두고 내가 먼저 그 판으로 발을
들여놓는 것은 어떨까, 학교를 가면서도 그 생각을 했고 집으
로 돌아오면서도 그 생각을 했다. 아무래도 지금 가방을 들고
학교로 왔다갔다 하는 것 역시 내 삶에서(그래 봐야 고작 열여섯

살이지만 그때로서는 그게 또 지구보다 무거운 나이가 아니겠는가)
가장 소중한 부분을 허송세월하고 있는 것 같은 생각을 떨쳐
버릴 수가 없던 것이었다.

그러다 1학년 1학기 기말고사가 다가왔다. 곧 방학이었고,
앞으로 내 꿈을 위해서도 그러면 뭔가 이참에 아버지에게 확
실하게 보여줄 것이 있었다. 어쩌면 이번 여름부터 겨울까지가
내 앞날의 가장 소중한 무엇이 결판날지도 모르겠다는 생각이
들었다. 그렇다면 언제 날릴지 모를 승부수를 위한 준비를 미
리 해둘 필요가 있는 것이었다.

아마 열서너 과목의 시험을 봤을 것이다. 시험 공부를 시작
하던 처음엔 하루 네 시간씩 자고, 시험이 시작되어 그것이 끝
나는 나흘 동안엔 두세 시간씩만 잠을 잤다. 아버지와 어머니
는 그런 내 모습을 보며 저 애가 뒤늦게 정신을 차리는가 보다
생각했을지 모른다. 음악, 미술, 체육은 물론 교련까지도 국방
색 표지의 교범을 앞에 놓고 밤새도록 달달 그것을 외웠다. 아
마 그런 과목들에 실기 시험이 없었다면 주산과 타자를 뺀 전
과목의 만점을 받았을지도 모른다. 그러나 타자는 그런 대로
했지만 주산만은 100점 만점에 20점도 되지 않는 17.5점이었
다. 아직 1학년 1학기(그러니까 더하고 빼고 곱하고 나누는 수의 단

위가 그렇게 높지 않은) 때라 주판을 놓지 않고 암산을 하거나 필산을 해도 50점은 받을 수 있었지만 꼭 그만큼의 점수만 받으려 했다. 그러면서도 시험 공부를 하는 동안 주산 공부도 열심히 했다는 걸 보여주기 위해 일부러 더 소리가 나도록 주판을 가지고 잘그락거리곤 했다.

기다리던 성적표는 방학 이틀 전날에야 우편으로 날아왔다. 집으로 돌아가자 어머니가 학교에서 성적표가 왔다고 말했다.

"아까 아버지가 보셨다."

"뭐라고 말씀 안 하세요?"

"저녁 때 니가 오면 얘기를 좀 해야겠다고 하시더라."

그날 저녁, 아버지가 내 방으로 건너왔다. 그때에도 나는 일부러 책을 펴놓고 책상 앞에 앉아 있었다.

"오늘 학교에서 성적표가 왔더라."

"보셨어요?"

"그래."

"주산만 아니면 전교에서 1등도 할 수 있었는데……."

"애비도 그게 궁금해서 그런다. 주산 점수는 왜 그렇게 나온 건지. 다른 것도 중요하겠지만 상업학교에선 다른 걸 아무리 잘해도 그걸 못하면 소용이 없는데."

어머니는 전체 과목의 평균이나 석차만 따져서 그런 걸 몰라도 아버지는 상업학교에서 주산이 얼마나 중요한 과목인지 잘 알고 있었다. 그러니까 다른 과목을 아무리 잘해도 주산을 그렇게 해서는 졸업을 할 때 어느 곳에도 들어갈 수 없다는 걸 잘 알고 있는 것이었다.

"사실 주산말고는 필답고사에서는 거의 다 만점을 받았어요. 다른 과목 중 100점이 아닌 것도 더러 있지만 그건 실기시험 때문에 그런 거구요."

"안다. 시험 보는 동안 니 열심히 한 거. 그래도 상업학교는 주산이나 부기 같은 게 중요하지 않겠나?"

"아무리 노력해도 안 돼요, 그건. 저도 그동안 하느라고 했는데."

나는 내 왼손과 오른손의 감각에 대해서 말하고, 이제까지 그것을 해결하기 위해 여러 방법을 써봤지만 어느 것도 현실적으로 효과가 없더라는 얘기를 했다.

"그러기에 왜 애초에 상고를 가?"

"몰랐지요, 그때는. 고등학교를 졸업해 남들보다 빨리 돈을 벌어 농사지으려고 했던 건데."

"그건 뭐 아무래도 괜찮다. 적성이 맞지 않으면 적성이 맞는

쪽 공부를 하면 되는 거니까. 다른 학교로 가면 주산 같은 거 놓지 않아도 될 테고."

"……."

"이제 적성이 아닌 걸 너도 알았으니 지금이라도 학교를 옮겨줄까?"

"농고로요?"

나는 일부러 더 그렇게 말했다. 주산뿐 아니라 다른 상업계 과목의 점수가 다 그렇게 나왔다 해도 아버지가 농고로 전학을 가라고는 말하지 않을 거라는 걸 잘 알고 있기 때문이었다. 나중에라도 혹시 내 마음이 바뀌거나 그쪽에 대한 적성이 맞지 않아 어쩔 수 없이 대학 진학을 하게 된다 하더라도 농업학교 공부보다는 상업학교 공부가 그쪽으로 진로를 수정하는 데더 나을 거라는 걸 아버지도 잘 알고 있는 것이었다.

"아니, 인문계 학교로 말이다."

"거긴 싫어요. 농고라면 몰라도."

"인문계 학교로 옮기면 지금이라도 따라갈 수 있을 거다. 또지금처럼 하면 나중에 전학을 갔더라도 먼저 거기로 간 애들보다 더 잘할 수도 있고."

"안 가요, 거긴. 공부 오래 하는 거 싫어서 일부러 상고를 간

건데. 주산만 아니면 괜찮겠는데, 주산 때문에 졸업을 한다 해도 은행 같은 데는 못 들어갈 것 같고 이러다 나중에 바로 농사지을 거예요."

"그러면 애초 니가 상고로 간 뜻도 없는 것 아니냐?"

"그렇지만 아무리 해도 안되는 걸 어떻게 하겠어요? 농고가 안 되면 지금처럼 그냥 상고를 다니면서 틈틈이 농사일 배우고 그럴 거예요. 저도 제 손이 굳어져 주산 과목이 안 맞는 게 실망스럽지만요."

"딱하다. 애비가 보니 너도 참……."

"알아요, 저도. 그 때문에 제 계획이 반은 뒤틀어졌다는 거."

아버지가 나를 딱하게 여기는 게 그게 아니라는 걸 알면서도 나는 일부러 더 그렇게 대답했다. 아버지는 또 한 번 그게 딱했을지도 모른다.

"지금도 인문계 학교에 가서 하는 공부는 아예 취미가 없나? 성적을 봐도 니는 그쪽이 맞을 것 같은데."

"예. 주산을 잘 놔 은행 같은 델 들어간다 해도 어차피 저는 나중에 농사를 지을 건데요 뭐. 괜찮아요."

그 기말고사를 통해 나는 지금 내가 아무리 열심히 공부한다해도 이대로라면 나 혼자 애만 쓰다 말지 나중에 아무것도 안 될 수도 있다는 아버지에게 보여주고 싶었던 것이다. 그러니까 그걸로 아버지 마음 속에 어떤 안타까움 같은 걸 심어주고, 또 앞으로도 내 뜻과 내 꿈이 농사에 있다는 걸 오히려 공부를 열심히 하는 것으로 확실히 해두고 싶었던 것이다.

그리고 바로 여름방학이 되었을 때 나는 대관령 너머 차항에서 이사를 온 석중이 아저씨를 따라 한 달도 넘게 그곳에 가 있었다. 이미 아버지에게도 내 꿈이 어떤 것인지에 대해서 충분히 말해둔 상태였다. 그래서 일찍부터 착실하게 고랭지 농사의 모든 것을 내 눈으로 봐두고 또 손으로 익혀두자 생각했던 것이다. 다시 인문계 학교 전학 얘기를 하며 말리던 아버지도 나중엔 마지못해 거기까지는 허락을 했다. 아버지도 내가 상업학교의 다른 공부는 다 따라가도 주산은 죽었다 깨어나도 되지 않는다는 것을 이제 알게 된 것이었다. 저도 밤을 새워가며 하느라고 했는데, 아무리 해도 안 되는 걸 아버진들 어떻게 하겠는가. 아마 그 허락 속엔 아들에 대한 그런 안타까움도 포함되어 있었을 것이다. 그러니까 안 되는 걸 억지로 시키느니 차라리 방학 동안 제 마음이라도 다스리게 하자고 생각했을 것이다.

내가 대관령으로 올라갔을 땐 이미 고랭지 배추들이 출하

시기를 기다리고 있던 때였지만 나로서는 참으로 배운 것이 많았다. 고랭지 농사가 어떻게 이루어지며, 그것의 관리는 어떻게 하고, 또 출하는 어떻게 하는 것인지를 석중이 아저씨를 도와 일을 하는 동안 틈틈이 배운 것이었다. 무나 배추 외에 감자농사는 또 어떻게 하는 것인지도 충분히 알아두었다. 이제까지 집에서 하는 방식과 크게 다르지 않았지만 경작 면적이 달랐고, 또 저마다 그것의 씨앗을 뿌리고 가꾸고 출하하는 시기들이 달랐다. 그해는 그런 일이 없었지만 무엇보다 나를 흥분시켰던 것은 고랭지의 채소 경우 운이 잘 맞아 채소값이 오르게 되면(반대로 가격이 낮아 밭째로 썩혀 내버리는 해도 없지 않지만) 한몫에 큰돈을 잡을 수 있다는 것이었다. 또 고랭지 채소라는 게 대관령 같은 곳에서밖에 이루어질 수 없는 게 다른 곳에서는 여름 날씨에 배추와 무가 싹을 틔우고 잎을 틔운 다음엔 무더위에 저절로 녹아버리기 때문이었다.

그해 석중이 아저씨의 농사는 그만그만했다. 아니, 석중이 아저씨의 농사뿐 아니라 고랭지 채소를 하는 사람 모두가 그랬다. 쌀이나 보리 등 다른 곡식 농사들은 그렇지 않지만 그때그때 생산되는 물건들을 소비해야 하는 채소농사의 경우 풍년이 든다고 해서 큰돈을 만질 수 있는 것도 아니었다. 지난 학기

동안 학교에서 배운 대로 수요와 공급의 접점으로 이루어지는 가격 결정이 고랭지 채소농사만큼 민감하게 잘 맞아떨어지는 것도 없었다.

채소는 어느 가정에서나 끼니마다 먹는 것이어서 수요와 공급이 조금만 초과해도 가격이 폭락하고, 수요보다 공급이 조금만 달려도 가격이 폭등하게 마련이었다. 그렇다고 다른 주곡처럼 그때그때 수입할 수도 없는 물건이었다. 그러니까 오랜 기간 갈무리가 가능한 다른 주곡 농사들처럼 내 밭의 농사가 잘되었다고 해서 무조건 돈을 만질 수 있는 것이 아니었다. 그해 날씨가 좋아 아무리 배추통이 커지고 무의 몸피가 굵어졌다 해도 씨앗대조차 건지지 못할 수도 있는 것이 바로 고랭지 채소농사였다. 석중이 아저씨말로는 바로 지난해에 그랬다고 했다. 그렇게 되면 어른 머리통보다 더 큰 배추들을 수확도 않고 밭째로 썩혀버리는 것이었다.

"장사꾼들이 밭떼기로 살 때 계약금만 주고 사거든. 그러다 무값이고 배추값이 오르면 내려와서 수확을 하고, 아니면 밭에서 그냥 썩혀버리고 말고. 그러면 농사짓는 사람들은 돈 받을 길도 없는 거지. 장사꾼이 그냥 계약금으로 건 돈만 날리고 해약을 해버리면 말이지. 그렇다고 채소값이 똥값이 된 다음 그걸 뽑아 서울로 가져간다 해도 작업대에 트럭 운임도 안 나오는 거고. 3년에 한번만 성공하면 되거든. 그러면 큰돈 만지는 게 이거니까 너도 나도 하는 거고."

"그래도 저는 이다음 여기 와서 이런 농사를 짓고 싶은데요. 그게 제 적성에도 맞는 것 같고, 또 제가 농사일 아주 모르는 것도 아니고요."

"그래. 정수 너 같으면 할 수 있지. 여기 해도지 빌려서."

정말 그럴 수만 있다면 지금이라도 학교를 때려치우고 이 길로 나서고 싶은 마음이 굴뚝 같았다.

대관령에 가 있는 동안 아버지와 한 약속대로 1주일에 한 번씩은 집으로 내려갔다. 집에 가 있을 때에도 이제 어떤 농사를 맡겨도 아버지 도움없이 내가 다 할 수 있다는 것을 보여주 듯 정말로 열심히 일을 했다. 8월 중 방학이 거의 끝나갈 무렵 김장 배추와 무씨를 부칠 때에도(그보다 더 일찍 씨를 뿌리면 여름 더위에 배추가 녹아버리니까) 내가 등짐으로 거름을 내고 들일에 이력이 난 우리집 암소로 아버지가 보는 앞에서 시험을 치르듯 밭을 갈고 배추씨와 무씨를 묻을 두럭을 내곤 했던 것이다. 소를 부리는 쟁기질도 처음엔 좀 서툴렀지만 밭을 다 갈 땐 그 일도 금방 이력이 붙던 것이었다. 어머니는 그런 아들을 다

116

자랐다고 좋아했지만 아버지는 밭머리에 서서 쩝쩝 입을 다시며 담배를 피웠다.

"방학 내내 애비가 널 지켜보고 또 석중이한테 얘기도 들었다만 니 학교 공부가 맞지 않아 더 그러는 건 아니냐?"

그날 저녁, 밥상을 물리고 나서 아버지가 물었다.

"아뇨. 저는 농사를 짓는 게 좋아요. 노는 것보다 재미있구요."

"그럼 공부는 이제부터 아예 말고?"

"마는 건 아니지만 아무리 잘한다 해도 주산 때문에 안 되는 걸 어떻게 해요? 어차피 저는 이다음에도 평생 농사를 지을 건데."

"짓더라도 뭘 배울 만큼 배우고 나서 지으면 되지."

"그러면 형처럼 꾀가 나서 제대로 하지도 못할 거예요. 남만큼 공부하고 나면 그 다음엔 힘 안 드는 일을 하려들 테고."

"왜, 느 형도 일할 때 보면 열심이지. 공부도 열심이고."

형 얘기가 나오자 옆에서 듣던 어머니가 형 편을 들어 말했다.

"형이 하는 일은 노는 동안 잠시 잠깐이지만 저는 이제부터 늘 그렇게 할 거라는 얘기예요. 어머이는 아들 말 좀 새겨서 들으세요."

"애비는 이러다 니가 아예 공부 손 놓을까 봐 걱정이다. 엉뚱한 데 취미들여서."

어쩌면 아버지는 그때 이미 내 속을 바로 들여다보고 있었던 것인지 모른다. 집에 와서도 한 틈 놀지 않고 일을 하니 야단을 칠 수는 없어도(그렇다고 지난번 성적을 봐도 공부나 열심히 하라고 야단을 칠 수도 없는 일이고) 그게 아버지 눈에는 마냥 좋게 보이지 않았던 모양이다. 그때 상업학교를 다니며 내가 하는 공부라는 것이 그랬다. 아직 시작에 불과한 것이긴 하지만 대학 진학까지 염두에 둔 것이라면 모를까 그쪽을 닫고 취업만을 위해 하는 공부라면 하면 할수록 더 큰 미련과 안타까움만 남는 공부였던 것이다.

개학 전날, 차항에서 석중이 아저씨로부터 한 달 품삯을 받아 내려올 때에도 나는 횡계와 대관령 사이에 있는 그 빨간 지붕 별장에 가보았다. 그리고 그곳에서 다시 결심을 했다. 어떤 일이 있어도 나는 내년에 이곳에 올라온다. 그냥 올라오는 것이 아니라 내 계획하에 내 규모의 농사를 지으러 올 것이다.

기다려라, 그때까지.

내 꿈이자 희망 같은 너, 빨간 지붕…….

9

하늘은 스스로 돕는 자를 돕는다

속담에도 하늘은 스스로 돕는 자를 돕는다고 했다. 옛말 한 마디 그른 게 없다. 나는 내 꿈을 이루기 위해 스스로 나를 도왔고, 그런 나를 하늘이 외면하지 않았던 것이다. 그해 겨울, 아버지를 상대로 마지막 승부수를 띄울 때 그랬다.

그것이 푸는 것이든 끼우는 것이든 첫 단추의 시작은 형이 해주었다. 겨울방학이 되기 얼마 전 형이 다시 휴가를 나왔다. 두번째 휴가였다. 학교에서 돌아오니까 집에 형이 와 있었다. 힘들겠구나 싶으면서도 뭔가 새로운 세상이 열릴 수도 있겠구나 생각했다.

"너 앞으로 어떻게 할래?"

형은 나를 보자마자 내 방으로 뒤따라와 그렇게 물었다. 말하는 품을 보니 이미 아버지한테 내 얘기를 들은 모양이었다.

"뭘?"

무슨 애긴지 알면서도 나는 짐짓 그렇게 되물었다. 이젠 나도 몸이 굵어져 형도 나를 마음대로 하지 못했다. 키도 몸도 내가 형보다 더 컸다.

"앞으로 학교 공부는 어떻게 할 생각이냐고?"

"어떻게 하긴. 지금처럼 할 만큼 하면 되는 거지. 괜히 되지도 않는 것 열심히 해봐야 졸업할 때 소용도 없는 일이고. 그 품이면 일이나 열심히 배우는 게 낫지."

지난 여름부터 집에서는 책 한 줄 들여다보지 않아도 성적이 그렇게 팍팍 떨어지는 것도 아니었다 1학기 때처럼 아주 잘하는 수준은 아니었지만 그렇다고 크게 떨어졌다고 말할 수준도 아닌 것이었다.

"니 학교 공부가 적성이 안 맞아 그런다면서?"

"안 맞는 것도 아니야. 단지 내 손에 주산이 안 맞는 거지."

"임마. 그게 안 맞는다는 얘기지."

"듣고 보니 꼭 그러길 기다린 사람처럼 말하네."

"까불지 말고. 아까 아버지하고 얘길 했다만 그러면 지금이라도 전학을 해라."

"누구 맘대로?"

그래서 형이 휴가를 나오던 날부터 대판 싸움을 벌였다. 서로 치고 받고 하는 싸움은 아니었지만 형은 아직도 나를 어리게만 보고 있었다. 다음 날도 그랬고, 그 다음 날도 형은 내가 학교에서만 돌아오면 같은 얘기를 계속했다.

그러다 형의 휴가가 닷새쯤 남았을 때 다시 한번 그 일로 대판 싸움을 했다. 하다하다 안 되니까 형은 내게 간청하거나 부탁하듯 말했고, 나는 전학을 가든 지금 다니는 학교를 계속 다니든 칼자루는 내게 있다는 식으로 형의 약을 올렸다. 그러자 이제까지 참을 만큼 참던 형이 내게 손찌검을 했다. 그렇다고 마주 손을 쓸 수도 없는 일이어서 그래, 마음대로 해라, 하는 식으로 얼굴이 부어오르도록 형에게 몸을 내주고 말았다. 어머니가 간신히 우리의 싸움을 말렸다. 아니, 싸움도 아니었다. 형한테 함께 손을 쓸 수 없는 내가 일방적으로 당한 것이었다. 그러고 나서 형도 속이 상한지 친구들을 만나러 나간다며 군화끈을 묶었다.

그때 어쩌면 이게 하늘이 준 기회일지도 모르겠다는 생각이 퍼뜩 머릿속을 스쳤다. 이대로 주저앉으면, 그래서 이 기회를 제대로 살리지 못하면 앞으로도 계속 적성에 맞지도 않는 공부를 하느라 이태 동안 더 허송세월을 할지도 모르겠다는 생각이 들었다. 그렇다면 이참에 아버지나 형한테 아주 확고하게 내 뜻을 밝힐 필요가 있었다.

그날 저녁, 나는 아무도 몰래 가출 준비를 끝낸 다음 책과 책가방, 교복을 마당가에 내다놓고 거기에 석유를 끼얹었다. 그러곤 마지막 결심처럼 적당히 차오르는 비장감 속에 성냥을 그어대자 불길은 금방 그것들에 옮겨붙어 마당 전체를 환하게 비추었다. 주산문제집과 부기책에도 불이 붙고, 교복 소매에도 불이 붙기 시작했다.

"누가 밖에서 불을 피우나?"

창호지 문에 어른거리는 불빛을 보고 어머니가 방문을 열고 나왔다. 뒤를 이어 아버지도 함께 나왔다. 그러나 그때까지도 두 사람 다 내가 책과 책가방, 교복에 불을 지르고 있다는 걸 모르고 있는 듯했다. 아까 자식간의 싸움을 보기는 했지만 꿈에도 거기까지는 생각하지도 못했을 것이다.

"뭘 태우느라고 그러는데?"

가끔 집 안의 쓰레기들을 모아 그런 식으로 태우곤 해 아버지 어머니도 무얼 태울 게 있으면 내일 밝을 때 하지 하필이면 다 늦은 저녁에 불을 피우냐는 식으로 말했다.

"이 석윳내는 또 뭐고?"

"책하고 교복이에요."

"뭐야?"

그제서야 아버지가 맨발로 마당을 뛰어나왔다. 어머니도 함께 뛰어나왔다.

"이제 나 다시 집에 안 들어와요. 학교도 다 때려치우고 말 거구요."

반쯤 울음 섞인 목소리로 나는 그렇게 소리를 지르고 나서 동네 쪽을 향해 뛰어내려갔다.

"정수야!"

"야, 정수야!"

그러나 나는 뒤도 돌아보지 않고 아래로 뛰었다. 주머니엔 지난 여름 대관령에 올라가 받은 품삯 6천원이 그대로 들어 있었다. 까짓 것, 그 정도면 어디 가서 무엇인들 못하랴 싶었다.

동네를 완전히 벗어난 다음에야 결국 그런 식으로 내 손으로 석유를 끼얹고 불을 지르고 만 책과 책가방, 교복 생각에 가슴이 아팠다. 아니, 그것 때문에 가슴이 아픈 게 아니라 정말 꼭 그렇게 하는 것말고는 달리 방법이 없었을까 싶은 게 자식으로서 그런 험한 꼴까지 아버지 어머니에게 보이고 말았다는 생각에 저절로 눈물이 흘러내렸다. 거기에 석유를 끼얹고 성냥을 그어대던 순간의 비장감 같은 것도 이미 내 마음속에서 사라진 다음이었다. 아마 아버지와 어머니도 학교를 다니는 자식이 스스로 불을 지르고 만 책과 교복을 바라보며, 또 거기에 붙은 불을 끄고 나서도 어쩌다 집안에 이런 일까지 생기게 되었나 싶어 망연자실하고 있을 것이었다. 형 때문에 생긴 일이긴 하지만 꼭 형 때문에 일어난 일도 아니었다. 지난 여름부터 나는 학교와 농사에 대한 내 뜻을 어떤 식으로든 보다 분명하게 어른들에게 말할 기회를 엿봐왔었다. 형은 단지 내가 울고 싶을 때 그 적당한 시기에 내 뺨을 때려준 것뿐이었다.

집에서 시내로 나가는 마지막 고개를 넘자 멀리 시내의 불빛이 보였다. 일단 나오기는 했지만 막상 갈 만한 데가 없었다. 다행히 토요일이었고, 내일은 학교를 가지 않는 일요일이어서 빵집에 들어가 승태에게 전화를 걸었다. 오늘밤은 아무래도 거기에서 신세를 져야 할 것 같았다.

승태 집으로 들어가자 승태 누나가 승태보다 더 나를 반가워했다.

"시내에 뭔 일이 있어서 나왔다가 너무 늦은 것 같아 느 집에 왔다."

다른 가족들이 보는 앞이라 승태에겐 일단 그렇게 말했다.

"밥은 먹었나?"

"그래."

"안 먹었으면 우리 어머이보고 차리라고 그러고."

"됐다. 먹고 왔으니까."

아버지나 어머니가 밤중에 날 찾으러 승태 집으로 오지는 않을 것 같았다. 그리고 싶어도 아버지 어머니는 승태 집의 전화번호도 모르고 집도 몰랐다. 어쩌면 승태 누나가 형에게 편지를 쓰며 전화번호를 알려주었을지도 모르지만 형도 오늘밤은 집에 들어가지 않을 것이었다.

"뭔 일이 있었나?"

"뭔 일이 있기는 임마."

"니 얼굴이 좀 부은 것 같아서?"

"많이?"

"아니, 약간. 밖에서 누구하고 싸웠나?"

"싸웠으면 왜?"

"그러면 이대로 있으면 안되지. 나가서 어떤 놈들인지 작살을 내놓고 들어와야지."

"너도 못 이기는 사람이야."

"누군데?"

"우리 형."

"너 그래서 집 나온 거구나."

"그래. 식구들한테는 얘기하지 말고. 왜 그랬는지 이따가 잘 때 자세하게 얘기해줄 테니까."

승태와 그런 얘기를 하고 있을 때 승태 누나가 쟁반에 찹쌀떡과 과일을 담아 내왔다. 누나는 한밤중 집에서도 몸에 착 달라붙는 티셔츠와 또 엉덩이의 굴곡이 그대로 드러나 보이는 청바지를 입고 있었다. 내게는 첫사랑처럼 영원한 '어느 날 친구집의 누나'였다.

그날밤, 자리에 누워 나는 승태에게 지금의 내 결심을 열 배 스무 배는 과장해서 말했다. 내가 일요일 저녁 때까지도 집에 들어오지 않으면 월요일에 아버지나 어머니 중 누가 형과 함께 학교로 승태를 찾아올 것이었다. 그러면 승태를 통해 듣게 되는 내 고민과 결심이 어떤 것인지 아버지 어머니와 형에게 확실하게 알려둘 필요가 있었다. 그냥 단순히 형에게 몇 대 맞았다고 해서 그 반항심에 책과 교복에 불을 지른 것이 아니라는 것을. 아버지와 어머니만 생각한다면 거듭 마음 아픈 일이긴 하지만 이제 농사를 짓게 되든 짓지 않게 되든, 가출을 하든 하지 않든 어떤 일이 있어도 학교는 이제 더 이상 다니지 않을 거라는 걸, 그게 지금의 내 결심이라는 걸 이 기회에 확실하게 심어주어야만 하는 것이었다. 그래야 대관령을 넘든 말든 결판이 나는 것이었다.

"야, 이정수. 암만 그래도 학교는 다녀야지. 농사를 짓든 뭘 하든 그거야 졸업하고 나서 하면 되는 거고. 이제 2년만 더 다니면 되는데."

"너도 1학기 때 내 성적 봤지?"

"그래. 너는 공부도 잘하는데 왜 그러냐고. 나처럼 공부 못하는 것도 끽 소리 않고 다니는데."

"임마. 다른 과목들만 잘하면 뭘 하나? 주산이 그 모양인데. 그동안 말을 안 해서 그렇지 그런 식으로 계속 공부해봐야 나중에 졸업할 때 남들 취직하는 걸 보면 괜히 속만 더 쓰리고 말지. 그러니 이제 그런 허송세월하고 싶지 않다고."

"그럼 너는 뭘 하고 싶은데?"

"솔직한 말로 지금 당장 학교 때려치우고 내년 봄부터 대관령에 올라가 농사를 짓고 싶지만 그것도 이젠 글렀다. 주산 실력이 그 모양이어도 그동안 나도 마음잡고 착실하게 농사 준비를 해보려고 했는데 그것도 다 끝났고."

"그래서 어떻게 할 거냐니까?"

"나는 내일 서울로 갈 거야. 한 번도 가본 적이 없지만 거기 가서 자장면 배달을 하든 뭘 하든 이제 그 바닥에서 놀 거라고. 집하고는 인연 다 끊고 살 거고."

그게 어른들의 마음을 얼마나 아프게 할 거라는 걸 잘 알면서도 나는 승태에게 일부러 더 그렇게 말했다.

"정말 서울로 갈 거나?"

"내 꿈대로 대관령 가서 농사 못 지을 바에야 차라리 서울 같은 데로 가는 게 낫지. 강릉 바닥에서 놀 수도 없는 일이고."

"너 정말 학교 안 다닐 생각이나?"

"임마. 다닐 생각이면 책하고 교복에 불을 싸지르겠나? 정말로 다닐 생각이면. 그 정도일 땐 니도 내 결심이 어떤 건지 알 거다. 형한테 맞았다고 그냥 화가 나서 그런 게 아니야. 아주 이참에 학교 걷어치울 생각으로 그런 거지."

"야, 이정수."

"왜?"

"나는 말이야. 니 같은 놈들은 안 그럴 줄 알았거든. 어른 속을 썩여도 나 같은 놈들이 썩이는 줄 알았지."

"이 새끼는 말귀를 못 알아듣네. 어른들 속 썩이려고 그러는 게 아니라니까. 나한테는 대관령 가서 농사를 짓느냐 못 짓느

냐 하는 게 죽느냐 사느냐 하는 문제라니까. 서울 가서 아무것
도 안 되면 그냥 그대로 콱 죽어버릴 거다. 씨팔, 나같이 집안
에서 내 뜻대로 아무것도 하지 못하는 놈이 살아야 할 필요도
없는 거고."

그런 말도 내일모레면 그대로 아버지 귀에 들어갈 것이다.
나는 이 멀대가 그런 말들을 보다 확실하게 전할 수 있도록 한
얘기를 또 하고 또 했다. 그러자 나중엔 이 멀대까지 나서서 자
기도 학교 다니기 싫은데 이대로 집을 나가고 싶다는 둥, 이왕
너 집 나온 거 나도 함께 토껴버릴까, 하는 식으로 할 소리 안
할 소리 가리지 않고 씨부렁거리는 것이었다.

"넌 참아 임마."

"이 새끼. 지는 참지 않으면서."

"지금 니하고 나하고 처지가 같냐? 느 아버지가 니가 해달
라는 거 안 해주는 것도 없고."

"으이 씨팔. 생각해보니 또 그렇네. 그렇지 않으면 나도 니
하고 함께 토끼고 싶은데 말이지. 어디 가서 자장면 배달을 하
더라도 니하고 같이 하면 심심하지도 않을 테고."

승태는 내 가출을 말릴 입장도 아니고, 그렇다고 함께 따라
나설 입장도 아닌 자기의 의리를 그렇게 표현했다.

"야, 박승태."

"왜?"

"니는 지금 내가 어디 소풍 가는 줄 아나?"

"임마. 니 혼자 보내는 게 가슴 아프니까 그렇지. 친구라는
게 옆에 있어도 같이 가주지는 못할망정 뭘 하나 도와주지 못
하고. 니 큰뜻 품고 토끼는데 말이지."

"야야, 됐다. 그렇게 말하지 않아도 니 의리는 내가 충분히
아니까."

"그럼 니 서울 가서도 나한테는 편지할 거지?"

"그러다 니가 우리집에 고자질하면?"

"야, 이정수. 니 정말 이 박승태를 뭘로 알고 그렇게 말하는
거나? 나도 의리 빼면 시체인 놈이야 임마. 내일이라도 수 틀
리면 니하고 같이 토낄 수도 있는 놈이고."

"알지. 그거야. 박승태가 어떤 놈인지. 좀 맹해서 그렇지."

"씨팔놈 말을 해도 꼭. 나는 지금 니가 하는 꼬라지가 걱정
이 돼서 그러는데."

다음 날 아침을 먹고 함께 거리로 나왔을 때에도 그랬다. 승
태는 나 혼자 먼길을 떠나는 게 마음이 놓이지 않는다며 차부
까지 따라오겠다고 했다.

"야, 박승태."

"왜 또?"

"너 같은 놈하고 같이 토꼈다가는 토끼기 전에 붙잡히고 말겠다."

"왜 임마?"

"생각해봐라. 지금 차부고 역이고 우리집에서 사람이 안 나왔겠나. 느 집 같으면 니가 토끼면 그런 데부터 먼저 지키지 않겠느냐고."

"그럼 어떻게 할 건데?"

"일단 시내버스를 타고 성산으로 가서 거기서 횡계로 갈 거다. 작년 여름 우리가 같이 갔을 때처럼."

"서울에 안 가고?"

"안 가긴. 여기서 서울 가는 차를 바로 탈 수 없으니 거기가서 갈아타겠다는 거지. 넌 그만 들어가봐라. 만약 우리 아버지나 형이 학교로 널 찾아와도 무조건 모른다고 그러고."

"알았어. 그런 건 걱정하지 말고."

그러나 지금은 그렇게 말해도 이 멀대는 어른들이 찾아와 니가 정말 친구를 위한다면, 하는 식으로 슬슬 유도신문을 하면 지금 내가 한 말까지도 "정수는 이런 말하지 말라고 그랬는데요" 하고 그대로 내뱉고 말 것이었다. 어젯밤에도 그랬지만 아침에 집을 나와서도 나는 그것까지 계산해 이 멀대가 내 대신 어른들에게 해주어야 할 말들을 차곡차곡 정리해주었다. 그래도 의리 하나만은 끝내주는 친구였다. 아무리 들어가라고 해도 시내버스를 타는 데까지 따라와 기어이 제 주머니를 뒤져 내 손에 5백원짜리 두 장을 쥐어주고 버스에 오른 나를 향해 손을 흔들어주던 것이었다.

그러나 그 겨울, 내 가출은 그렇게 오래가지 못했다. 서울에 간다는 말은 처음부터 거짓말을 한 것이었고, 횡계에서 그대로 발을 멈추어버렸던 것이다. 낯선 서울보다는 그래도 조금이라도 아는 그곳이 며칠을 숨어 있든 내가 숨어 있기에 가장 나을 것 같았다.

지난 여름에 묵었던, 지금은 사람 없이 비워두고 있는 석중이 아저씨의 집으로 갈 수도 없는 일이어서 일단 방이 많은 하숙집(그때 여관 간판을 단 집은 없었고, 하숙 간판을 단 집들만 몇 개 있었다)을 찾아갔다. 그곳에 가면 내가 할 수 있는 일이 있을 거라고 생각했다.

그곳은 겨울 동안 춥기도 참 엄청나게 추웠다. 세수를 하고 나서 문고리를 잡으면 손이 쩍쩍 달라붙을 정도였다. 거기다 내가 가던 다음 날부터 눈까지 엄청 내려 나도 그 하숙집에서 금방 일자리를 구할 수가 있었다. 눈이 내리자 다음 날로 서울에서 스키 손님들이 몰려들었기 때문이었다. 그곳에서 나는 아버지에게 붙잡혀 다시 집으로 내려가기까지 열흘 동안 열 개도 넘는 방들의 연탄을 관리하고, 낮 동안엔 청소를 하고, 또 저녁엔 하숙집에서 손님들을 상대로 빌려주는 스키를 관리하곤 했다.

꼭 열흘이었다. 그곳에서 아는 사람을 만난 것도 아닌데, 어떻게 알고 아버지가 나를 데리러 온 것이었다.

"니, 지금 여기서 뭐 하나?"

늦은 오후에 방마다 연탄을 갈고 있을 때 주인집 아들을 따라 들어온 아버지가 나를 불렀다. 처음엔 내가 잘못 들었나 싶었는데 바로 등 뒤에 아버지가 서 있는 것이었다.

"가자. 그만 집으로."

무척 화가 났을 것 같은데도 아버지는 집에서처럼 조용하게 말했다. 일부러 화를 참는 얼굴이 아니라 어처구니가 없어 하는 얼굴이었다.

집에 들어오자 형은 이미 부대로 돌아간 지 1주일이 되었다고 했다. 그리고 학교도 이미 방학을 했다. 아버지는 집에 와서도 한동안 내게 아무 말도 하지 않았다. 조바심이 난 어머니만 중간에서 자꾸 내게 학교 얘기를 하며 시내로 새로 교복을 맞추고 책과 책가방을 사러 가자고 말했다. 그때마다 나는 이제 더 이상 학교를 다니지 않을 거라고 말했다. 아버지도 마치 그런 아들과 기싸움을 하듯 어머니에게 "놔둬. 다니든 말든 자네가 왜 나서서 그러는가. 저, 학교 안 다니면 에미 애비도 돈 안 디밀어서 편하지" 하고 큰소리로 야단을 쳤다.

그러다 겨울방학이 끝나가고 개학이 가까워졌을 때(그러니까 2월이 되어 음력설까지 지나 내 나이가 열일곱이 되었을 때) 하늘이 나를 돕는 또 한 가지 일이 생겼다. 얼마 전 대관령으로 올라가 새해 그곳에서 농사를 지을 해도지 땅까지 구해놓은 석중이 아저씨가 경운기를 운전하다 그것이 뒤집히는 바람에 한쪽 다리가 부러지고 또 한쪽 발목을 크게 상해 병원에 입원한 것이었다. 그러니까 잘하면(정말 하늘이 돕는 운만 따르면) 그 해도지 땅을 내가 물려받을 수도 있다는 얘기였다. 아버지 어머니도 병원으로 문병을 갔지만 나도 아저씨의 상태가 어느 정도인지 알아보기 위해 병원에 갔다 왔다. 일은 고사하고 일어서서 걷는 데만 올해 봄을 다 넘길 것이라고 했다. 그렇다면 다시 한 번 아버지와 붙어볼 만한 것이었다.

교복은 내가 완강하게 그것을 거절하자 하루하루 개학이 다가오며 어머니 혼자 시장에 나가 기성복 한 벌을 사왔다. 그러나 나는 그것을 거들떠보지도 않았다. 곧 개학이 눈앞에 다가온지라 그런 내 모습을 보고 아버지도 지난번처럼 어머니를 나무라지 못했다. 아버지도 내 눈치를 보며 마음속으로 조금씩 무언가를 체념하고 있다는 얘기였다. 그리고 교복도 어머니 혼자 조바심을 내서 사온 게 아니라 그러기 전 아버지와 어떤 의논을 했을 것이었다. 어머니가 내 방으로 가져다 준 교복을 내가 다시 안방으로 거칠게 던져버리자 아버지는 화를 참으며 길게 한숨을 내쉬었다.

그러는 사이 내일같이 개학이 다가왔다. 그날 저녁 나는 내가 먼저 아버지가 있는 사잇사랑으로 나가 아버지 앞에 무릎을 꿇고 앉았다.

"아버지. 드릴 말씀이 있는데요."

"무슨 얘긴데."

"저, 이제 학교 안 다녀요."

"안 다니면?"

아버지는 애써 화를 참으며 물었다.

"앞으로는 절대 속을 썩이지 않을 테니 저를 대관령으로 보내주세요."

"대관령엔 왜? 또 남의 집 종살이를 하고 싶어서?"

"아뇨. 거기 가서 농사를 짓고 싶어요. 저 자신있어요, 아버지."

"이봐라, 정수야."

"예."

"니 올해 나이가 몇이나?"

"열일곱 살요."

"그러면 그건 스무 살이 넘어서도 할 수 있는 거 아니냐? 나중에라도."

"저는 빨리 하고 싶어요. 한 해라도 빨리요."

"그런 거 빨리 해서 뭘 할 건데?"

"돈 벌려구요. 공부도 취미가 없고 하니까."

"글쎄 그런 건 학교를 졸업하고도 얼마든지 할 수 있는 거라니까. 그렇게 해도 늦지 않고. 그러니까 다시 학교로 가. 내일 개학이고 하니까."

"저 이제 정말 학교 안 다녀요. 그러면 또 집 나가고 말 거라구요. 이번엔 아주 멀리요."

정말 맞아죽을 각오를 하고 나는 그 말을 했다.

"쓸데없는 소리 말고 건너가서 내일 학교 갈 준비나 해. 아버지 화나게 하지 말고."

"전에 아버지가 그랬잖아요. 공부든 학교든 우리한테 맡기겠다고요."

"건너가라니까."

"건너가도 저는 학교 이제 안 다녀요. 지금까지도 억지로 다녔던 거라구요."

"글쎄, 건너가래도."

"정말 저 안 다녀요. 그러니 제발 저를 대관령으로 보내주세요."

그러자 나를 방에 놔두고 아버지가 밖으로 나가버렸다. 임무 교대를 하듯 다시 어머니의 길고 긴 잔소리가 이어졌다. 그때에도 나는 무슨 일이 있어도 이제 학교를 안 갈 거라고 악을 쓰듯 말했다. 그렇게 다시 전쟁과도 같은 사흘을 보냈다. 병원에 누워 있는 석중이 아저씨가 다른 사람에게 해도지를 넘기기 전에 끝을 봐야 했다. 어느 하루는 종아리에서 피가 튀도록 아버지한테 매를 맞기도 했다. 그러나 나는 죽었으면 죽었지 학교로는 가지 않겠다고 말했다. 나중엔 아버지가 이런저런 말로 달래도 그 고집만은 꺾지 않았다. 그러니까 제발 나를 대관령으로 보내 달라고.

방학 전에도 1주일 가량 무단결석을 하고, 개학이 되어서도 내가 학교로 나오지 않자 선생님이 집으로 친구들을 보냈다. 학급실장과 이웃 동네에 살고 있는 용문이었다. 그 두 친구에게도 나는 이제 학교를 다니지 않을 거라고, 그러니까 앞으로 우리집에 찾아오지 말라고 말했다.

"그렇게 말하지 말아라. 내일 내가 학교로 나가볼 테니까."

친구들이 돌아갈 때 아버지가 친구들에게 말했다. 그리고 그날 저녁부터 밤까지 다시 아버지와 길고 긴 줄다리기 싸움을 했다.

어린 농군

결국, 그 겨울의 길고 긴 줄다리기 끝에 그해 봄 나는 대관령으로 갈 수 있었다.

서른이 넘어 어린시절 내가 꿈꾸었던 농사와는 전혀 다른 길로 들어선 다음 언젠가 그런 질문을 받은 적이 있다. 농사의 어떤 점이 좋아 어릴 때부터 농군이 되지 못해 그렇게 애를 썼느냐고.

그때 나는 이렇게 대답했다.

"그 나이에 농사를 짓는 일에 어떤 매력을 느꼈다기보다는 – 물론 매력을 느끼지 않은 건 아니지만 – 나는 하루라도 빨리 어른이 되고 싶었다. 그때 내게는 농사만이 나를 그렇게 해줄 수 있을 거라고 생각했다. 아니, 그게 그때로선 유일한 길이었다."

나는 거기에 어른으로서의 조건을 한 가지 더 추가했다. 어른은 나이와 상관없이 일로써 자기경제권을 가진 사람이라고. 겨울이 되면 어른들이 어느 집 사랑이나 뒷방에 모여 묵 내기거나 담배 내기 화투를 칠 때가 있다. 그때에도 자기경제를 가지고 있는 아이 같은 어른은 그 판에 낄 수 있어도 어른 같은 아이는 그 판에 낄 수 없는 것이다. 예를 든다면 다음해 겨울 형과 내 경우가 그랬다. 대관령에 올라가 농사를 짓는 동안 나는 어른들과 당당하게 그런 내기 화투를 칠 수 있어도 형은 군에서 마지막 휴가를 나오던 때에도 그랬고, 제대 후 다시 학교를 다니던 때에도 어른들의 그런 놀이판에 끼고 싶어도(하기야 그러고 싶어할 사람도 아니지만) 낄 수가 없는 것이었다. 왜냐하면 스물몇 살이 되어도 형은 아직 집에서 돈을 물어가는 아이지 돈을 버는 어른이 아니기 때문이다. 그게 농경사회에서의 아이와 어른의 구분이었다.

나는 하루라도 빨리 그런 어른이 되고 싶었다. 그래서 마음대로 화투를 칠 수 있는 어른이 아니라 내 손으로 내 경제를 가진 어른이 되고 싶었던 것이다. 만약 집에서 장사를 했다면 나도 보고 배운 게 그것밖에 없으니까 어린 나이에 장사를 하고 싶어 환장을 했을지도 모른다. 그러나 열일곱 살이 될 때까지 내가 보고 배운 것은 농사밖에 없었다. 농사가 좋아 환장을 했던 것이 아니라 하루라도 빨리 어른이 되고 싶어 환장했던 것이고, 비록 몸은 고되고 힘들다 하더라도 그 길이 바로 내겐 농사였던 것이다.

내 대신 학교에 다녀온 다음 아버지는 마지막 허락을 하기에 앞서 그렇게 농사를 짓고 싶으면 강릉에서 집안의 농사를 도맡아 지으라고 했다. 그러나 나는 대관령으로 가 고랭지 채소를 하고 싶다고 말했다. 집안의 농사는 내가 그것을 도맡아 짓는다 하더라도 아버지의 농사를 돕는 것이지 내 경제의 농사가 아니기 때문이었다.

아버지는 두 가지 약속을 하라고 했다.

첫 약속은 만약 내가 대관령에 올라가 짓는 농사가 첫해로 실패하고 말면 다음해 군소리 없이 다시 학교로 갈 것.

나는 그렇게 하겠다고 말했다.

두 번째 약속은 대관령에 가 있는 동안 학교 공부는 하지 않더라도 아버지가 보내주는 책들을 다 읽을 것.

그것도 나는 그렇게 하겠다고 말했다.

"대답은 쉽게 한다만은 첫해 농사를 성공한다 하더라도 두 번째 약속을 지키지 않으면 그것도 군소리 없이 너는 집으로 내려와야 한다."

"예."

"어쩌면 이게 니 학업의 마지막이 될지 몰라서 하는 얘기야. 나중에 커보면 안다. 사람이 세상을 살아가는 데 공부 많이 한 사람과 적게 한 사람의 차이는 그렇게 나지 않는다. 잘한 사람과 못한 사람의 차이도 그렇고. 그렇지만 책을 많이 읽은 사람과 적게 읽은 사람의 차이는 몇 마디 얘기만 나눠봐도 금방 눈에 보인다. 니가 대관령에 가서 농사를 짓든 뭘 하든 애비가 보내주는 책만 제대로 챙겨 읽는다면 학교 공부 손을 놓는다 해도 어디 가서 무식하다는 소리는 듣지 않을 게다."

"예. 명님(명념)할게요."

"니두 이다음 자식 키워봐라. 부모가 돼서 이렇게 하기가 쉬운지. 학교 다니기 싫다고 제 손으로 책에 불을 지르긴 했다만, 지금은 그렇다 해도 나중에라도 니가 니 갈 길을 잘 찾아갈 거라는 걸 애비가 믿기 때문에 보내는 게야. 학문이든 뭐든 세상 살며 한두 해 무얼 늦게 시작한다고 해서 마지막 서는 자리까지 뒤처지는 것도 아니고. 이 말이 무슨 말인지도 늘 생각하고."

전에 상고로 진학할 때에도 아버지는 그렇게 말했다. 그때는 뜻도 모르고 "믿어줘서 고맙습니다. 아버지" 했지만 이번엔 그냥 가만히 앉아 있었다.

"그리고 대관령에 가서도 잠은 늘 석중이 집에서 자고. 이불이니 뭐니 거기 필요한 것 갖다두고. 해도지 니 앞으로 넘겨 받으면서 집도 니가 쓸 거라고 얘기해뒀으니까."

"예."

"농사자금은 지금 그럴 돈도 없지만 있다 해도 한꺼번에 다 주는 게 아니라 그때그때 필요할 때마다 집에 와서 타서 써라. 봄 나서 올라갈 때 얼마간 여윳돈이야 주겠지만."

"그렇게 할게요."

길고 긴 줄다리기 끝에 일단 그렇게 허락을 받은 것만으로도 금방 어른이 되고 하늘을 날 것 같은 기분이었다.

다음날 나는 대관령으로 가 눈에 덮여 아직 제 모습을 드러내지 않고 있는 내 해도지 땅을 보고 돌아왔다. 차항에 있는 5천 평의 밭과 가시머리(그러니까 지금의 대관령 휴게소에서 구도로로 따라나오는 길 중간쯤의)에 있는 2천 평의 땅이었다. 가시머리 땅을 둘러보고 횡계로 나올 때 나는 다시 눈 속에 크리스마스 카드 속의 풍경과도 같은 빨간 지붕의 별장을 보고 돌아왔다. 돈을 벌어 이곳에 나도 저런 그림 같은 집을 짓고 살리라 생각했다. 승태 누나처럼 사랑스런 님과 함께…….

나는 아버지에게 차항 밭에는 배추를 심을 것이고, 가시머리 밭에는 감자를 심을 것이라고 말했다. 배추농사가 망한다 하더라도 2천 평의 감자농사로 최소한의 본전이라도 건질 생각이었다. 아버지는 이제 그건 네 농사니까 아버지에게 묻지 말고 모든 것을 내 뜻대로 하라고 말했다. 전부 배추를 심든 무를 심든 감자를 심든. 너무도 좋아 정말 잠이 오지 않는 밤이었다. 비록 남의 땅을 빌린 해도지이긴 하지만 이제 내가 내 규모의 농사를 지을 땅을 가진 한 사람의 당당한 농군이 된 것이었다.

그런 농군으로서 내가 제일 처음 한 일은 승태 집에 들러 승태를 데리고 동아일보 강릉지국을 찾아간 것이었다. 이제 내가 학교를 그만두고 내 규모의 농사를 짓는다고 하자 나보다 승태가 더 들떠서 좋아했다.

"야, 이정수. 니 기어이 성공했구나, 응. 책하고 교복에 불싸지르고 토껴가지고."

"그러면 니도 불싸지르고 토껴봐. 그럼 혹시 아냐? 느 아버지가 니한테 간장 공장 맡길지."

"맡기는 거 좋아하네. 그랬다간 아마 우리 아버지 나를 간장 국물에 튀겨 죽이려들 거다. 느 아버지니까 봐준 거지. 그런데 신문 지국엔 왜 가는데?"

"따라오면 알아. 싫으면 말고."

"새끼, 이제 학교 안 다닌다고 되게 폼잡네."

감자농사는 씨앗을 확보하고 난 다음 천천히 준비를 해도 되지만 배추농사는 배추 모종을 키울 종이포트부터 미리 준비 해야 했다. 그러니까 넓이 10센티미터 되는 띠 모양으로 신문 지를 오려 그것을 소주병으로 두 겹 말아 풀칠해 원기둥형의 종이화분을 만들고, 거기에 거름과 비료를 배합한 흙을 채워 온상 속에 차곡차곡 세워놓은 다음 그 포트 하나 하나마다 배 추씨를 뿌리는 것이었다. 나중에 그것을 제 밭으로 옮겨심을 때 배추 포기 사이를 30센티미터, 두럭과 두럭 사이를 45센티 미터를 계산한다 해도 평당 스물두 포기에서 스물네 포기의 배추가 심어지는데, 5천 평의 밭이면 12만 포기의 배추가 심어 지고 그러자면 하빠리 모종을 골라내는 것까지 계산해 15만 개의 포트를 만들어야 하는 것이다.

"느들 어떻게 왔나? 지금은 배달 자리가 없는데."

그곳 여직원은 우리가 일자리를 구하러 온 학생인 줄 알고 그렇게 말했다.

"그게 아니고 신문지가 좀 필요해서요. 좀 많이요."

"없어. 그런 건 집에서 구해야지. 여기 올 게 아니라. 느들 집은 신문도 안 보나?"

"아뇨. 신문지를 좀 사려고요."

"얼마나?"

가운데를 찢지 않은 신문 한 장으로 열 개의 포트를 만들 수 있으니까 그걸 만드는 데만도 여유분을 포함해 만 6천 장의 신문이 필요한 것이다.

"만 6천 장요."

그제서야 지국의 여직원은 눈이 동그래졌다.

"그렇게 많이?"

"예. 포트 만드는 데 쓰려고요. 종이화분요."

"어쩐지. 그럼 너희들 대관령 너머에서 온 모양이구나."

이 철이면 가끔 그렇게 많은 양의 신문지를 사가는 영 너머 사람이 있다는 얘기였다. 말이 만 6천 장이지 그것도 적은 양이 아니었다. 승태가 간장 공장으로 자기 아버지한테 전화를 해 트럭을 불렀다.

시작만 승태의 신세를 진 게 아니라 집에서 그것을 오려 포트를 만들 때에도 승태의 도움을 받았다. 마침 봄방학 때여서 며칠 동안 승태가 열 명도 넘는 아이들을 불러모아 우리집으

로 오곤 했다. 승태뿐 아니라 친구들 모두 자기가 학교를 그만
두고 돈벌이를 나선 것처럼 좋아했다. 지금 생각해도 참 한심
한 것이 그중 어느 한 놈도 학교를 때려치운 나를 안됐다는 눈
으로 바라보던 놈이 없던 것이다. 모두들 나를 부러워하고 자
식한테 그런 것을 허락해준 아버지를 부러워했다.

청소년 비행선도위원회

3월이 가고 4월 중순이 되었을 때, 새 일터로 떠나는 사람처럼 집을 떠나 대관령으로 올라갔다. 그동안에도 여러번 대관령에 올라왔었지만 비로소 내가 이제 완전히 집을 떠나 사람의 어른으로서 독립했구나 하는 생각이 들었다.

다음 날부터 뼈가 부서지는지도 모를 농군 생활이 시작되었다. 우선 포트의 온상 자리를 만들기 위해 비닐 너비만큼 길다랗게 네 줄로 50평도 넘는 땅을 삽날 하나 깊이로 흙을 걷어내는 데만 꼬박 이틀이 걸렸다. 배추씨도 강릉 종묘사에 나가미리 구해왔다. 조생종 65일짜리에서부터 만생종 85일짜리까지 있었다. 내가 고른 건 85일짜리 만생종이었다. 그것도 그냥고른 것이 아니라 나름대로 충분히 계산을 하고 고른 것이었다. 4월 20일을 파종 시기로 잡았을 때, 조생종은 6월 말이면 수확이 가능하고, 만생종은 한창 더운 7월 15일경에 수확이 가능하다는 얘기였다. 어느 때에 출하하는 것이 가장 가격이 높을지는 그해 시세에 따라 다르겠지만, 사람도 그렇지만 식물도 일단 수명이 긴 게 날씨에도 강하고 병충해에도 강하지 않을까 하는 생각을 했다. 그리고 만약 6월 하순쯤에 배추값이 오른다면 만생종이라고 해서 그때 일찍 뽑아 출하하지 못할 것이 없는 것이었다. 그러나 조생종의 경우는 보름 정도야 더 밭에 두고 버틸 수 있겠지만 그 시기마저 지나버리면 배추통에서 노란 꽃대가 올라왔다. 종묘사 주인은 만생종이라고 해서 특별히 더위에 강하거나 병충해에 강한 것은 아니라고 했다. 보통은 70일에서 75일짜리를 많이 찾는다고 했다. 그러나 나는 가장 늦은 85일짜리 만생종을 찾았다. 온상에서 제 밭으로 모종을 낼 때에도 날씨가 좋지 않을 때 만생종이라면 다른 배추들보다 며칠 더 둘 수도 있는 일이었다.

포트에 흙을 채우던(15만 개도 넘는 그것에) 토요일과 일요일 승태가 다시 서른 명도 넘는 반 아이들을 데리고 대관령으로 왔다. 그것까지 친구들의 도움을 받고 싶지 않았으나 정말 어쩔 수 없는 일이었다. 대관령에서 배추농사는 나만 하는 것이 아니고, 파종에서부터 그것을 출하할 때까지 그때그때 필요한 품을 동네에서든 강릉에서 사서 써야 하는데 이제 막 집을 떠나 대관령으로 올라간 열일곱 살짜리 농군이 무슨 수로 그 품을 다 살 수 있겠는가. 여자들로 조직된 작목반은 작목반대로 날마다의 작업 일정이 잡혀 있었고, 혼자 품을 파는 사람들도 매일매일 일하러 나갈 데가 여러 날 전부터 미리 다 정해져 있는 것이었다. 더구나 그때 나는 그런 품을 사고 싶어도 어디에 가서 누구에게 그 품을 부탁해야 하는지조차 모르고 있었던 것이다.

그런저런 일로 남들보다 파종 시기가 며칠 늦어지고 만 어느 목요일 오후, 학교로 승태를 찾아가 그 얘기를 했다. 땅은 이미 빌려놓고 너희들이 만들어준 포트를 차곡차곡 세울 온상 자리까지 다 만들어놨는데 포트에 흙을 채워줄 일꾼들이 없어 올해 농사를 지어보기도 전에 망하게 생겼다고.

"알았어. 걱정하지 마. 내일 모레 학교 끝나자마자 애들 끌고 올라갈 거니까."

"일요일도 해야 돼."

"걱정 말라니까. 애들 자장면 사줄 돈이나 준비해두고 있어. 풀(담배)하고 물(술)하고. 그러면 품값 없이도 다 올라간다. 차비만 주면."

"그건 지금 먼저 주고 갈게. 좌우지간 먹는 대접도 최고로 해줄 테니까."

"야, 대접은. 어디 그런 데 놀러 갈 자리 없나 눈이 뺄게 돌아치는 놈들인데. 30명 정도는 걱정하지 마라. 이 형님이 다 책임질 테니까."

"그럼 그날 다른 품 안 사고 니만 믿고 기다린다. 자, 차비. 남는 건 승태 니가 애들 사이다를 사주든 뭘 하든 알아서 하고."

"야, 그런데 니 머리 많이 길렀다야. 멋있게."

12월부터 깎지 않은 머리였다. 바람에 머릿결이 팍팍 날리기도 했고, 고개를 획하고 젖히면 이마로 내려오던 머리가 멋지게 한쪽 옆으로 가지런히 가 붙기도 했다. 그런 점에서도 나는 이미 학생이 아닌 어른이었다. 작은 손도끼만큼이나 커다란 빗도 하나 폼으로 뒷주머니에 꽂고 다녔다.

그렇게 해서 겨우 15만 개 포트의 흙을 채우고, 이틀 뒤 그 포트에 배추씨를 심었다. 포트를 채우던 날, 승태가 끌고온 친구들에게 자장면도 사주고(토요일엔 오자마자 오후참 한 번, 일요일엔 점심과 오후참, 그렇게 두 번), 어른들 몰래 담배를 피우는 애들을 위해 최고급으로 150원짜리 '은하수'도 열 갑 준비하고, 중국집에서 따로 탕수육 두 접시와 일하는 동안 틈틈이 한 대접씩 퍼마실 막걸리도 큰 통으로 두 개 준비했다. 그리고 일요 일엔 아이들 기분을 맞춰주기 위해 횡계에 있는 초원다방에 나가 커피도 단체로 30잔 주문을 하고 돌아왔다. 그건 어른들을 데리고 일을 할 땐 당연히 해야 하는 것이지만, 스무두세 살쯤 되어보이는 다방 레지가 환한 얼굴로 밭으로까지 분냄새를 풍기며 찻쟁반을 들고오자 어린 청춘들은 저희가 무슨 특별한 대접이라도 받는 것처럼 좋아했다. 레지도 밭에 와 자기 눈으로 직접 보면서도 아직 학교를 다녀야 할 나이의 내가 이곳에 와서 내 규모의 농사를 짓는다는 것이 잘 믿어지지 않는다는 표정이었다.

"너도 대단하지만 느 부모님도 참 대단하시다. 아직 어린애한테 이런 일도 맡기고."

"이봐. 나도 그쪽보고 뭐라고 불러야 할지 모르겠지만 그쪽도 나보고 너, 너, 하지 마. 이 바닥에선 이제 나도 어른이니까."

"하긴 돈 벌면 어른이지 뭐. 그러니까 더 귀엽다, 애."

"그렇게 말하지 말라니까. 자꾸 그러면 다음엔 다른 다방에 커피 시킬 거니까."

"그러면 안 되지. 나는 그런 꼴은 못 보고 사는 사람이니까. 너는 날 그냥 오양 누나라고 불러. 누나라는 말이 싫으면 그냥 오양이라고 불러도 좋고."

다방 레지는 한 시간도 넘게 어린 청춘들과 어울려 막걸리도 한잔 마시고, 담배도 몇 대 나누어 피우다 돌아갔다. 내게도 이제 다른 다방에 가지 말고 꼭 자기네 초원다방으로만 놀러 오라고 했다. 일하다가 차 주문을 해야 하면 그때에도 꼭 자기네 다방에 시키고.

"아이, 씨팔. 학교만 아니면 내일 모레 또 올라올 텐데."

레지가 돌아간 다음 승태는 그게 아쉬운 모양이었다.

씨앗은 비료와 거름을 섞은 흙이라서 이틀 정도 재웠다가 부쳐야 했다. 그 일은 아버지와 이제 겨우 거동을 하는 석중이 아저씨가 올라와 도와주었다. 그건 앉은 자리에서 하는 일이라 큰힘이 들지 않았다. 포트마다 손가락으로 흙을 긁어 그 안에 배추씨 서너 알씩 심는 것이었다. 그러다 배추가 자라는 것을 봐서 가장 실한 것 하나만 두고 나머지를 솎아냈다. 저녁때가 다 되어 비닐로 온상을 덮고 난 다음 아버지는 포트에 흙을 채우는 일은 어디에서 품을 사서 했느냐고 물었다. 나는 강릉에서 학교 친구들이 와서 도와주었다고 말했다.

"동네 어른들 품을 산 게 아니고?"

"아직 어디 가서 품을 사야 할지도 몰라서요. 누구한테 얘기

해야 할지도 모르고."

"그럼 어른 없이 느들끼리 이 일을 다했다는 얘기냐?"

"예."

나는 나를 너무 어리게만 보지 말라고 자랑처럼 큰소리로 대답했다. 그러나 그게 아니었다.

"앞으로는 친구들 데리고 와서 일시키지 마라."

"왜요? 그게 돈도 더 적게 드는데."

"글쎄, 돈이 더 들더라도 어른 품을 사서 쓰라니까. 그런 것도 석중이 아저씨한테 물어봐 미리 알아뒀다가. 남들 봐도 그렇지, 저기 흩어진 담배 꽁초들 다 모아 버리고."

아까부터 아버지의 얼굴이 좋지 않았던 게 바로 그것 때문인 것 같았다. 어쩌면 아버지는 너도 담배 피우냐? 하고 묻고 싶었던 것인지 모른다. 그러나 그때까지 아직 나는 담배를 피우지 않았다.

며칠 후 온상에서 배추가 싹을 틔우고 한 잎 두 잎 잎을 내밀기 시작했다. 그러자 그것을 관리하는 내 일도 눈코 뜰 새없이 바빠지기 시작했다. 우선 고랭지의 기온이라는 게 그랬다. 4월 하순과 5월 초순이면 낮 동안은 다른 평지처럼 따끈하게 덥다가 해만 떨어지면 금방 기온이 내려가 다른 곳의 이른봄이나 늦가을 날씨와도 같았다. 아침마다 밭으로 달려가 고루 햇살이 퍼질 때를 기다려 온상의 비닐을 열어주고, 오후 해지기 전에 다시 그것을 덮어주어야 하는 것이다. 바람이 불거나 비가 올 때에도 수시로 그것을 열었다 닫았다 해야 했다. 바람에 시달리거나 굵은 비를 맞으면 금방 모종이 망가졌다. 또 비가 와서 그것을 덮었다가 금방 다시 날이 개어 기온이 올라가면 그 열기로 온상 안의 배추가 한순간에 질럭 녹아버리기도 하는 것이었다. 배춧잎이 숟가락잎만하게 네 개 정도 자랄 때까지 보통 20여 일 정도 온상에 두고 관리하는데 어쩌다 한두 시간 비닐을 일찍 열고 늦게 여는 차이로도 한 해 농사를 망칠 수 있는 일이었다. 그런 중에도 지난번 석중이 아저씨가 소개해준 '돼지 아빠'를 찾아가 어른 열두 사람의 품을 사 가시머리 2천 평의 밭에 감자를 심었다.

　감자는 일단 심어두기만 하면 한동안 밭에 나갈 일이 없는데 문제는 배추였다. 떡잎 다음의 속잎이 나오기 시작하면서부터는 하루 두 차례씩 포트가 흥건하게 젖도록 물을 뿌려주어야 했다. 다른 것보다 그 일이 사람을 잡았다. 밭이라는 게 대부분 물가보다는 산중턱에 있다 보니 온상에 뿌릴 물을 저 아래에서 물지게로 져날라야 하는 것이다. 양쪽에 초롱을 매단

물지게를 지고 한 번에 오르는 거리만도 300미터 가까이 되었다. 그걸 하루에 스무 번도 넘게 해야 하는 것이다. 비라도 내리는 날엔 잠시 비닐을 열어 그 일을 쉴 수 있지만, 그해는 20여 일 중에서 스무 날은 아침부터 저녁까지 종일 물지게를 져야 했다. 어깨에 굳은 살이 박이는 정도가 아니라 그 전에 먼저 맨살이 짓물러지며 생긴 상처로 몸을 제대로 쓸 수 없게 되고 마는 것이다. 그러나 나는 그 일을 해냈다. 양쪽 어깨가 짓물러진 자리에서 피와 고름이 함께 터지는 동안에도 하루도 쉬지 않고 물지게를 지고 밭을 오르내렸다. 날씨도 여간 변덕스럽지 않았다. 아니, 변덕스러웠던 것이 아니라 내 온상의 배추들이 손톱 크기만하게 겨우 두세 개 속잎을 내밀었을 때부터 그것을 제 밭으로 모종내는 날까지 줄기차게 어느 하루도 가물지 않은 날이 없었다. 그러나 어깨에서 피와 고름이 한데 섞여 흐르는 것은 아파도 억지로라도 참겠는데 햇볕에 배춧잎이 처지거나 타들어가는 것은 도저히 그냥 바라볼 수 없던 것이다.

"물 져나르는 건 며칠 품을 사서 해라. 일도 몸이 성해야 하지."

아버지는 1주일에 한 번 정도만 대관령으로 올라왔다. 아버지는 안에 누런 근까지 박인 상처로 양쪽 어깨에서부터 등까

156

지 벌겋게 부어오른 내 몸을 보고 그렇게 말했다. 아직 모종을 내자면 닷새는 더 물지게를 져야 했다. 그러나 그때까지도 날이 가물어 모종을 내지 못한다면 앞으로 열흘은 더 그래야 할지 몰랐다.

"괜찮아요."

"그래. 할 테면 하고. 니가 사서 하는 고생이니."

그땐 물 한 방울 뿌리지 않는 하늘을 원망했지만, 어쩌면 그것이 하늘이 나를 도와주었던 일이었는지도 모른다. 막판까지 내가 물지게를 져나르는 동안 이미 다른 밭들은 거의 모종을 끝내가고 있었다. 그럴 때 한 번쯤 살짝 비를 뿌려주어야 하는데 날씨는 매일 한여름처럼 가물고 뜨거웠다. 그런 날씨엔 밭으로 옮겨진 배추가 제대로 모살이를 할 수가 없었다. 그렇다고 아이들 손바닥만 하게 잎이 벌어지고 있는 배추를 언제까지 포트 안에 둘 수도 없는 일이었다. 날씨가 가물어도 모살이가 어렵지만 포트 안에서 모종이 너무 웃자라도 모살이가 힘들었다. 그래서 기다릴 만큼 기다리다가 하늘만 믿고 마른 땅에라도 배추를 낼 수밖에 없는데 날씨는 후에도 여전히 가물고 덥기만 했다. 여기저기서 배추모가 녹아자빠진다는 소리가 하루종일 밭에만 붙어있는 내 귀에까지 들릴 정도였다. 그러나 다행히도 나는 온상을 시작할 때 제때 일꾼을 사지 못해 포트에 흙을 채우는 일부터 남들보다 닷새가 늦었다. 거기다 다른 밭의 배추들보다 며칠 더 온상에 둬도 괜찮은 만생종이었다. 그러나 그런 날들이 1주일 더 계속되며 내 온상의 배추도 지금쯤 밭으로 내면 가장 적당하겠다 싶은 시기를 이미 하루 이틀 넘겨가고 있는 것이었다.

그때 생각으로는 계속 이렇게 날이 가물면 배춧잎이 더 커지기 전에 사흘 후쯤 일단 모종부터 하고, 그런 뒤 토요일과 일요일에 다시 친구들을 불러 5천 평 밭 전체의 배추모에 일일이 물이라도 뿌려볼 마음이었다. 나한테는 그냥 배추가 아니라 앞으로 거기에 내 모든 것이 걸려 있는 배추였다.

그런 시기에 하늘이 다시 나를 도와주었다. 밭에서 돌아온 저녁때 며칠 후의 품을 지금 사둬야 하나 말아야 하나 걱정하고 있을 때 후드득 빗낱이 떨기 시작했다. 스무 날 가까이 가물고 무덥던 끝에 오후부터 날이 흐리기 시작하더니 그제서야 하늘이 뚫린 것이었다. 밖으로 나가 얼굴에 떨어지는 빗방울을 맞으며 나는 다시 술과 담배, 아이의 과자를 사들고 돼지 아빠 집으로 뛰어갔다.

"아저씨, 저 내일 배추 좀 내게 해주십시오."

"니, 아직 모 안 냈나?"

"예. 낼 때가 됐는데 그동안 날이 가물어서요."

남들이 부르는 이름은 '돼지 아빠'였지만 실제 돼지 아빠는 그런 이름보다 '후크 선장'이라는 별명이 더 어울릴 법한 사람이었다. 마흔 안팎쯤 되어보이는 나이에 어디서 무얼 하다가 다쳤는지 모르지만 오른쪽보다 짧아진 왼쪽 다리 때문에 늘 지팡이를 들고 다녔다. 그러면서도 지게질말고는 못하는 들일이 없으며, 차항과 횡계 바닥에서 아저씨한테 혼나지 않은 건 달이 없다고 했다. 나를 소개시켜줄 때 석중이 아저씨도 돼지 아빠한테 형님, 형님 하고 말했다.

"낮에 찾아와서 하는 얘기도 아니고, 지금 이 시간에 나가서 사람을 구할 수 있을지 모르겠다."

"도와주십시오, 아저씨. 은혜는 잊지 않을게요."

"니 밭이 몇 평이라고 했나?"

"5천 평입니다."

"대단하다, 너도. 5천 평이면 어른 열은 더 붙어야 하는데, 강릉에서 아버지가 오시나?"

"아뇨. 사실은 그동안 가물어서 며칠 있다가 낼 생각이었는데 지금 비가 와서요. 그래서 무조건 아저씨를 찾아온 겁니다.

아저씨라면 절 도와주실 것 같아서요."

"두럭은 정리해놓고?"

"경운기로 일단 갈아만 놨어요."

"두럭까지 만들어가면서 하자면 서너 명 더 붙어야 하는데."

"내일이 토요일이니까 오후엔 서른 명쯤 사람이 올 수 있어요. 강릉에서."

"어떤 사람들인데?"

"제 친구들인데 일꾼은 아니지만 아저씨가 시키면 모종 일 정도는 할 수 있을 겁니다. 지금 바로 전화하면……."

"그럼 여기서 해봐. 구할 수 있는 일꾼부터 먼저 구해놓은 다음 사람을 더 구하든 말든 해야 하니까."

나는 아저씨 집에서 교환을 통해 강릉으로 시외전화를 신청했다. 통화는 10분쯤 후에 이루어졌다. 승태는 내가 어디에서 전화를 거는지도 모르고 자기들이 올라오면 내일도 다방에서 지난번 그 여자를 부를 수 있느냐고 물었다. 나는 올라오기만 하면 그런 것은 하나가 아니라 다섯도 더 부를 수 있다고 말했다.

"그러니까 일단 니가 애들 차비를 대줘서 말이지."

"알았어. 내일 가면 나는 거기서 너하고 자고 모레 올 거다.

아버지한테 얘기하고."

"꼭 와야 돼. 안 오면 이번이야말로 정말 큰일나니까."

"알았으니까 다방에나 연락 잘해놔, 임마. 지난번 개 꼭 나오라고 그러고."

집안에 어른이 없는지 승태는 옆에 있는 돼지 아빠가 다 들도록 큰소리로 그렇게 말하고 전화를 끊었다.

"아직 학교 다니지만 저보다 나이가 많은 친구예요. 군대 간 친구들도 있고요."

내가 오히려 돼지 아빠에게 그렇게 말했다.

"니 지금 온상 비닐 열어놓고 왔지?"

"예. 며칠 전부터 바깥 날씨 적응시키려고요."

"그러면 밤에 혹시 큰비가 올지 모르니까 그것부터 가서 덮어놓고 초원다방으로 와. 나도 그동안 사람을 구해보고 그리로 갈 테니까. 오후에 애들이 온다 해도 두럭부터 내고 일하자면 아마 제대로 된 일꾼 대여섯은 있어야 할 게다."

비는 아까보다 더 굵어져 있었다. 플래시를 들고 밭으로 가 며칠 동안 걷어두었던 온상의 비닐을 덮었다. 불빛에 비춰진 배추모 하나 하나가 더없이 귀하게 자란 화초처럼 보였다. 며칠 늦기는 했지만 이렇게 비만 내려준다면 조금도 늦을 게 없는 모종이었다. 집에 와 젖은 옷을 갈아입고 다시 초원다방으로 가자 돼지 아빠가 먼저 와 기다리고 있었다. 자리로 가 앉자 저쪽에 다른 손님과 함께 앉아 있던 오양이 다가와 내게 아는 체를 했다.

"너, 이 친구 알아?"

"그럼요. 지난번에 밭에 배달도 갔는데요. 그런데 그동안 왜 우리집에 안 왔어?"

"올 일이 없어서요."

돼지 아빠 앞이라 나는 나보다 나이가 많은 그녀에게 말을 올려 대답했다.

"우선 커피부터 좀 내와. 나는 티(그게 술이라는 것도 나중에 알았다) 한잔 더 가져다 주고."

돼지 아빠가 오양을 쫓았다.

"다른 데 일하러 가는 놈들 반나절 품삯 더 주기로 하고 억지로 다섯 명 구했다. 다시 로타리치고(밭을 갈아 고르고) 두럭 만들고 하자면 그 정도는 있어야 할 거고."

"감사합니다, 아저씨."

"그러면 나까지 여섯인데, 아침에 몇 명 더 구할 수 있을지 모르겠다. 애들이 암만 많다 해도 가르쳐 가며 일을 해야 하니까. 오더라도 몸만 올 테니 호미도 어디서 스무 개 정도 구하고 모종 담아 나를 다라이도 열 개 정도 구해야 되고."

"사야 됩니까?"

"사긴 뭘 사. 한나절 쓰고 말 걸. 내가 어디서 구해봐야지."

"고마워요, 아저씨."

"대신 니 나하고 흥정 하나 하자."

"어떤 흥정인데요?"

"니 밭에 포트 몇 개 세웠나?"

"15만 개요."

"그럼 그중에 만 개는 못 쓴다고 보고, 2만 개 정도가 남는데. 내가 내일 어떤 일이 있어도 니 일 다 마쳐주마. 다섯 명을 부르고 말든, 아침에 더 불러 열 명을 부르든 그 품삯도 내가 다 맡아서 계산하고. 너는 그냥 일꾼들 점심하고 참만 내라."

"아저씨가 왜요?"

"호미와 다라이도 사든 빌리든 그것도 내가 알아서 하고. 대신 느 밭에 모종하고 남는 포트는 다 날 다오."

"아니에요. 필요하시면 그건 그냥 아저씨가 쓰세요. 앞으로 제가 부탁하면 일꾼들이나 잘 붙여주시고요."

그때 오양이 커피와 티를 가져와 우리 앞에 내려놓았다. 돼지 아빠는 다시 손짓으로 오양을 쫓아보냈다.

"그거야 부탁하기만 하면 늘 들어주지. 그렇지만 그 포트도 니가 돈 들여 가꾼 건데 그냥 받을 수는 없고 내 말대로 하자. 그동안 니가 그걸 가꾸자 해도 그 품 이상은 들어갔을 테니까."

"아뇨. 그러시지 않아도 돼요. 저는 더 심을 데도 없는걸요 뭐."

"아니야. 내일이면 그걸 사자고 밭으로 찾아오는 사람도 있을 게다. 그러니 그러기 전에 나하고 흥정을 하자는 얘기지. 나중에 남이 보고 듣더라도 그렇지 나도 남의 물건 그냥 가져갔다는 소리 듣고 싶지 않고."

돼지 아빠가 여러 번 말하길래 나도 그렇게 하겠다고 약속했다.

"이제사 하는 얘기지만 올해 너 큰돈 벌었다. 아마 내 장담이 틀림없을 거다. 그건 시작부터 보면 아는 거니까."

아저씨 말로 그동안 날씨 때문에 대관령의 배추밭 3분의 2는 이미 앉은자리에서 '조자리'가 났다고 말했다. 그건 실제로도 그랬다. 내 밭으로 오가는 길에 다른 밭에 심어진 배추들을 보면 살아남은 모종보다 죽은 모종이 더 많았다. 거기다 어떤 밭들은 살아남은 모종이 거의 없어 빈밭처럼 보이기까지 했다.

"아마 이 비 끝나고 나면 다시 두럭을 내서 무씨를 뿌리는 사람도 많을 거다. 야, 오양아, 너 이리 와봐라."

오양이 자리로 오자 돼지 아빠는 내일 일 때문에 더 알아봐야 할 것이 있다며 자기는 그만 일어서야겠다고 말했다.

"아무래도 오양이 니하고 얘기하고 싶은가 보다. 니 올해 돈 벌었다는 소리 횡계 바닥에 곧 소문날 걸 알고."

"저도 같이 나갈게요."

"아니, 너는 놀다 와라. 내일 늦지 않게 우리집에 오고. 그래야 일꾼들 데리고 나가니까."

돼지 아빠는 내가 마신 커피값까지 계산하고 나갔다. 오양은 내게 저 사람은 어떻게 아느냐고 물었다.

"저 사람이 왜?"

"무서운 사람이니까 그렇지."

"무섭기는. 나는 좋기만 하던데. 저 아저씨 아들도 이쁘고."

"옛날에는 날렸대. 그래서 여기 깡패들도 다 피할 만큼."

"여기 좁아빠진 바닥에 깡패가 어디 있어서?"

"왜 없어. 그런 거야 작아도 동네마다 다 있지."

그 말만으로도 나로서는 왠지 집 떠나 있는 객지에서 든든한 후원자 한 명을 두고 있는 듯한 기분이었다. 오양은 더 놀다

가라고 했지만 나도 일찍 자리에서 일어났다. 오양이 아니라 오양의 언니의 언니가 와 앉았다 해도 지금 내겐 내일 배추를 내는 일만 중요한 것이었다.

다음날 약속대로 돼지 아빠는 5천 평이나 되는 내 밭의 배추 모종을 내주었다. 비는 그날 오전까지 부슬부슬 내렸다. 배추 모종한테는 더없이 좋은 보약이었다. 돼지 아빠가 데리고 온 일꾼은 남자 다섯에 여자 셋이었다. 거기에 오후에 승태가 인해전술식으로 끌고 온 강릉 친구들 덕분에 일도 생각보다 일찍 끝났다. 내가 돼지 아빠까지 포함해 남자 여섯, 여자 세 명의 품삯을 한나절 것을 더해 내밀자 돼지 아빠는 술을 사도 자기가 사야 하는 것이라고 말했다. 실제 모종을 내는 동안 다른 밭에서 모종을 얻으러 오는 사람들도 있었다. 돼지 아빠는 내 밭의 남은 모종을 먼저 모종을 내 이미 조자리가 난 자기의 밭으로 옮겨심을 거라고 말했다.

"두고 봐라. 그것만 해도 올핸 다른 해 만 평 농사보다 클 거다."

나도 강릉에서 올라온 친구들에게 약속을 지켰다. 오자마자 자장면도 사주고, 풀과 물도 사주고, 중간에 초원다방으로 가 오양말고도 또 한 명의 레지를 끌고 밭으로 왔다. 커피가 40잔

166

이면 그것도 적은 돈이 아니었다. 참으로 기분좋은 하루였다. 배추 모종을 내던 일꾼들도 올해 내가 큰돈을 만질 거라고 했다. 그 말을 강릉에서 온 친구들도 듣고 다방에서 온 레지들도 들었다.

아마 그때부터였을 것이다. 횡계 어른들 사이에서 부르는 내 이름이 '강릉에서 온 아'가 되었다. 가끔씩 들르는 다방에서도 그랬고, 돼지 아빠를 따라 출입하기 시작한 당구장과 술집에서도 나는 '강릉에서 온 아'였다. 돼지 아빠는 이곳에서 농사를 짓자면 나이가 어려도 어른들과 어울릴 줄 알아야 하고(그래야 품을 사는 일처럼 서로 필요한 것들을 주고 받을 수 있고), 또 어른들과 어울리자면 가끔 술도 한잔씩 할 줄 알아야 한다고 말했다.

앞으로의 일을 생각하더라도 사실 나로서도 그 점이 가장 절실했다. 약을 칠 때에도 그랬고, 밭을 맬 때에도 그랬고 이곳의 농사는 다른 사람의 일손을 빌리지 않고는 지을 수가 없었다. 감자밭의 풀도 수시로 매야 했고, 배추밭의 풀도 수시로 잡아야 했다. 게다가 모종을 끝낸 배추밭은 거의 매일 약통을 메고 살아야 했다. 어떤 때는 거리에서 돼지 아빠를 보면 내가 먼저 다방으로 끌고 가고, 술집으로 데려가곤 했다. 그때면 돼지 아빠가 술집 여자들에게 나를 이렇게 소개했다.

"느 강릉에서 온 아 얘기 들어봤지? 야가 바로 강릉에서 온 아다. 나이로는 아직 느들보다 어리지만 그래도 여기 온 손님이니까 아처럼 대하지 말고 어른한테 하듯 인사해라."

담배도 아마 그 무렵부터 입에 대기 시작했을 것이다. 가는 곳마다 그것을 권했다. 많이 마시지 못했지만 술도 조금씩 마셨다. 지지난해 승태와 이곳에 와 처음 술이라는 것을 먹어보고, 다시 이곳에 와 어른들과 어울리며 본격적으로 술을 배우기 시작한 것이었다.

승태도 거기에 재미를 붙여 토요일마다 대관령으로 놀러 왔다. 어떤 때는 그런 승태를 데리고 초원다방에도 가고 술집에도 가고 했다. 예전에는 나보다 나이가 세 살 더 많은 승태가 나의 친애하는 성교육 은사였지만 이제는 내가 그에게 청소년 비행선도위원 노릇을 하고 있는 것이었다. 승태가 부러워하는 내 머리는 언제나 바람에 날리는 멋진 장발이었고, 이게 바로 그동안 내가 갖은 고생과 작전을 쓰며 꿈꾸어왔던 어른들의 세계구나 싶었다. 봄에 강릉에서 가져온 책은 3분의 1도 읽지 못했다.

12

어른으로 가는 슬픔의 강

6월이 되며 서울에서 밭떼기 장사꾼들이 내려왔다. 그들은 힘좋은 지프를 타고 하루에도 몇 군데씩 산비탈을 오르내리며 이곳저곳 밭가를 누비고 다녔다(아무리 산꼭대기 밭이라도 채소를 출하하자면 트럭이 들어가야 하고, 트럭이 들어갈 수 있는 곳이면 지프도 들어갔다).

그때쯤 나는 석중이 아저씨 집에서 해먹던 아침밥도 이제는 내가 짓지 않고 횡계 어느 식당에 외상을 대놓고 먹기 시작했다. 5천 평의 배추밭이 바로 나의 보증수표였다. 그러니 서울 장사꾼들 사이에 '강릉에서 온 아를 잡아라' 하는 소리가 안 나올 수가 없는 것이었다. 그때 하루하루 밭가에 가서 사는 게 낙이었다. 그러면 하루에도 몇 차례 지프를 타고 밭떼기 장사꾼들이 찾아왔다.

"어이, 밭주인. 이 밭 안 팔 거야?"

이미 소문을 들어 그들도 밭가에 선 아이가 밭주인의 아들이 아니라 자기가 지키고 선 밭의 주인임을 먼저 알고 있는 것이었다. 그러면 그들의 첫마디에 나도 이렇게 대꾸했다.

"씨팔, 어따 대고 반말하는 거요?"

그때에도 내 든든한 빽은 돼지 아빠가 아니라 내 눈앞에 푸른 바다처럼 펼쳐져 있는 12만 포기의 배추들이었다. 그들 눈엔 아이였을지 모르지만 내 눈엔 내가 이미 아이가 아닌 것이었다. 그리고 그보다 더 거친 말로 응수했다 하더라도 그들은 그 밭의 배추를 사고 싶어 안달이 난 장사꾼들이었다. 팔든 않든, 또 나중에라도 누구에게 팔 것인지, 칼자루는 내가 쥐고 있는 것이었다. 그걸 모를 내가 아니었다. 식당에 가도, 다방에 가도, 돼지 아빠를 따라가거나 사복을 입고 온 승태를 데리고 술집에 가도 12만 포기의 배추가 항상 내 뒤를 함께 따라다녔다. 겁날 게 없는 것이었다.

"아니. 배추밭 안 팔 거냐고 물었소. 흥정 맞으면 금(가격)이야 저절로 나오는 거고."

"아직 어린 걸 어떻게 뽑아 팔아요? 다마도 앉지 않은 걸."

"이런, 그러니까 밭에 세워둔 채로 팔라는 얘기지."

170

"안 팔아요. 뽑기 전엔."

"그러지 말고 받고 싶은 금 말해봐요."

"안 판다니까요. 나중에 내가 뽑아 올리지(서울로)."

"올릴 때 금 준다니까."

"턱도 없는 소리 말아요. 자고 나면 뛰는 게 금인데."

"어이, 포기당 25원."

"웃기고 있네. 25원은 줄 게 뭐가 있어? 날배춘데 고추장 찍을 것도 없이 거저 먹자고 하지."

누가 뭐라 해도 그 배추는 내 어깨가 까져나가도록 등짐으로 물을 져올려 가꾼 내 물건인 것이었다. 그러다 1주일 후 돼지 아빠가 자기 밭 천 평을 포기당 35원씩 쳐서 80만원에 팔았다고 했다. 나도 누가 40원씩 준다면 천 평쯤 끊어 팔고 싶었다. 대관령에 와서 가장 갖고 싶기도 하고 또 가장 필요하기도 한 것이 오토바이였다. 오토바이만 있다면 석중이 아저씨 집에서 수시로 횡계로 나가는 일도, 또 횡계의 동쪽과 서쪽에 멀찍이 떨어져 있는 두 밭을 매일 오가는데도 편할 것이었다. 지금까지는 대관령에 올라온 다음 거의 고물에 가까운 중고 자전거 한 대를 사서 그것을 타고 다녔다. 또 오토바이가 있다면 차시간을 맞추거나 기다리지 않고 강릉을 오갈 수도 있을 것이었다. 그러나 그것보다 더 오토바이에 대해 유혹을 느끼게 하는 것이 있었다.

지난 봄 강릉에 내려갔을 때 금산 마을에서 내려 집으로 들어가는 길에 남수 형의 새 오토바이를 보았다. 고등학교를 마친 다음 이미 군에까지 갔다온 남수 형은 금산 마을에서 자기 집 땅과 남의 논들을 빌려 거기에 벼농사가 아닌 고추농사를 짓고 있었다. 아마 만 평도 더 되지 싶었다. 그래서 가끔『새농민』같은 잡지에도 나오곤 했다. 그런 남수 형이 새 오토바이를 타고 둘러보고 있던 것이었다. 양쪽으로 배기통이 달린 250시시짜리 혼다 오토바이였다.

"안녕하세요, 형."

"어, 그래. 니 우추리 정석이 동생이지?"

"예."

"그런데 니 학교 안 다니나?"

머리를 길러 대번에 알아봤을 것이다.

"예. 때려치우고 대관령에 가서 농사지어요."

"잘한다. 뭘 농사짓는데?"

"배추농사하고 감자농사요."

"몇 평이나?"

"7천 평요."

"많네. 그래 해보니 학교 다니는 것보다 할만 하더나?"

"그럼요. 신선 같지요, 뭐. 그런데 형 오토바이 새로 샀어요?"

"왜, 니도 이런 거 타고 싶어서?"

"예. 얼마 줬어요?"

"25만원."

"되게 비싸다."

"그럼 임마. 강릉에 이거 타는 사람 다섯도 안 되는데. 니처럼 배추농사 같은 거 지어가지고는 이런 거 타지도 못해 임마. 본전 건지기도 바쁘지."

좆까고 있네. 고추밭에 오갈병(고추가 아이들 새끼손가락보다 작게 오그라드는)이나 확 들어라, 씨팔.

그 소리가 목구멍까지 올라오는 것을 참았다. 남수 형은 일부러 나를 보아란듯이 더 '후까시'를 넣어 오토바이를 몰고 고추밭 사잇길로 들어갔다.

그때 그 오토바이가 그렇게 부러울 수가 없던 것이었다. 자전거를 타고 가시머리 밭과 차항 밭을 오갈 때는 고물 오토바이라도 한 대 있었으면 했지만 이제는 새 오토바이라 해도 90

시시나 150시시짜리는 눈에 들어오지도 않을 것 같았다. 양쪽에 쌍기통을 단 250시시짜리 오토바이를 타고 바람에 머리를 날리며 뒤에 가시나 하나 태우고 다니면 그보다 폼나는 일도 없을 것이었다.

돼지 아빠가 밭을 판 다음에도 배추금은 날마다 올랐다. 돼지 아빠 입에서 저절로 속아서 팔았다는 소리가 나왔다. 날마다 밭떼기 장사꾼들이 지프를 타고 횡계 바닥을 누볐고, 나는 오전엔 밭에 올라갔다가 점심을 먹으러 내려온 오후에는 초원다방에 가 있거나 당구장에 가 있었다.

밭에 세워놓은 배추값이 포기당 43원으로까지 올라갔을 때 나는 8백 평짜리 밭 한 자리를 80만원에 끊어 팔았다. 밭떼기로 넘길 땐 보통 계약금만 주고 받지만(나머지는 수확할 때 내려와서 마저 주고) 곧 수확을 앞둔 밭이라 나는 선금 40만원을 받는 조건으로 그것을 넘긴 것이었다. 돈을 받을 때의 기분도 그랬지만 그보다 먼저 다방에서 계약 문서에 내 이름을 쓰고 금방 판 내 도장을 찍을 때 정말로 어른이 다된 기분이 들었다.

돈을 받자마자 나는 강릉으로 내려가 당장 오토바이부터 샀다. 그동안 꿈에도 그리던 250시시짜리 쌍기통 혼다였다. 그걸 타고 일부러 금산으로 가 남수 형 고추밭 옆으로 해서 집으

174

로 갔다. 남수 형은 보이지 않았다.

집에 가자 어머니가 놀란 얼굴을 했다.

"그건 누구 거냐?"

"제 거예요. 배추밭 8백 평 팔았어요."

"고작 그러고 싶어 농사짓겠다고 했나?"

"그동안 오토바이가 필요했으니까 샀지요. 이쪽 밭 저쪽 밭 왔다갔다하자면. 집에 왔다갔다하는 것도 그렇고요."

"그게 시내 건달꼴이지 올바로 된 농사꾼꼴이냐구."

어머니가 그렇게 보는 것도 무리가 아니었다. 장발 머리에 청바지와 청커버를 입고 아래에도 새 쎄무 구두를 신었다. 거기에 모두 오토바이를 탄 내 얼굴을 보아란듯이 파이버는 짐받이에 묶어두고 시내에서 '라이방(레이벤)'도 하나 알쌍한 걸로 새로 사 쓴 것이었다.

"그럼 어머이는 아들이 구질구질하게 고물 자전거나 탔으면 좋겠어요?"

"말이나 못하면."

"아버지는요?"

"시내 나가셨다."

"저는 또 올라가봐야 해요. 아버지 들어오시면 말씀하세요.

서울 장사꾼한테 8백 평 끊어 팔았는데 계약금 40만원 받고, 잔금 40만원 남았다고요."

"밭 전부를?"

사실 80만원이면 밭 전부를 팔아넘겼다 해도 적은 돈이 아니었다.

"아뇨. 8백 평만요. 나머지 4천2백 평도 금이 더 올라가면 6백만원 이상 받을 수 있을 거예요. 그러면 5백만원은 아버지 갖다드린다고 하세요. 저 올라가 있는 거 걱정하시지 말라고 하시고요."

"그렇게 금이 좋나?"

"배추가 아니라 금추래요, 시방."

"그럼 학교는 이내 그만둘 생각이나?"

"학교 다니면 뭘 해요. 공부도 이다음 다 먹고 살자고 하는 건데 이렇게 먼저 나서서 돈 벌면 됐지. 학교 다녀봐요. 내 평생에 그런 돈 만지겠나."

"내가 아를 낳아도 참 망하게 낳았다. 형 같지 않게 어째 니는 하는 짓마다 그런지."

"그만 올라갈게요. 이건 어머이 뭐 필요한 데 쓰고요."

나는 오토바이를 사고 남은 돈 15만원에서 10만원을 어머니에게 드렸다.

"이거 받고 느 아버지한테 야단듣지 않을라나 모르겠다."

"야단은요. 앞으로는 더 많이 갖다드릴 건데요, 뭐. 옷도 사 입으시고, 쓰고 싶은 데 꽉꽉 쓰세요. 또 갖다드릴 테니까."

"밥은 안 먹고 가나?"

"올라가서 먹을게요. 내일 감자밭 북(알이 굵어지도록 호미로 흙을 끌어 더 덮어주는 것) 주는 데 품도 사야 하고, 배추밭 약 치는 품도 사야 하고요."

"니 그걸 보니 내 근심이 하나 더 는다. 정히(조심스럽게) 타고 댕겨. 이무데나 씽씽 내달리지 말고."

"알았어요."

그러고는 해 떨어지기 전에 다시 대관령으로 돌아왔다. 아직 대관령길이 포장되지 않아 다른 자동차들이 지나다닐 때 먼지가 날리는 것말고는 전에 버스를 타고 다닐 때보다 백 배는 더 편하고 기분까지 상쾌했다. 뒤에 태울 지즈바만 하나 있었으면 정말로 끝내주었을지 모른다.

나머지 4천2백 평 배추밭도 열흘 후에 넘겼다. 그해 배추금이 얼마나 높았던 것인지 값으로 얘기하는 것보다 그것을 밭에서 어떤 식으로 뽑아 출하했는지 설명하는 것이 이해가 더

빠를지 모르겠다. 배추 출하작업을 하는 날 장사꾼들은 서울에서 아예 날짜 지난 신문을 트럭 바닥이 차오르도록 싣고 내려왔다. 그리고 밭에서 칼로 배추뿌리를 도려냄과 동시에 배추의 제일 겉잎조차 뜯어내지 않고 바로 그것을 하나하나 신문지로 포장해 트럭에 실었다. 출하작업을 끝낸 밭에 배추잎 하나 흐트러져 있는 게 없을 정도였다.

나머지 밭들을 계약할 때와 잔금을 받을 땐 워낙 머릿수가 큰 돈이라 미리 강릉에 가 오토바이 뒤에 아버지를 태워 모시고 왔다. 그러나 가격을 흥정을 하는 일은 그저 점잖기만 하고 순진하기만 한 아버지를 믿을 수가 없어 아버지를 다른 다방에 가 기다리게 한 다음 돼지 아빠의 입회하에 다른 어른들이 할 때처럼 있는 욕 없는 욕을 다 섞어가며 내가 직접 나서서 했다.

계약금을 받을 때엔 10만원만 내 수중에 남기고 나머지를 아버지에게 드렸고, 잔금을 받을 때에도 내년 농사자금을 포함해 내 앞으로 100만원만(이 정도면 몇 년치 농사자금으로도 부족하지 않다. 내년에 밭째 배추를 썩여버린다 해도 그 다음해와 그 다다음해 이태는 더 도전해볼 수 있을 만큼) 횡계농협에 넣어두고 나머지는 아버지에게 드렸다.

"이내 이러고 말 참이나?"

잔금을 받던 날 다시 강릉으로 모시고 온 집에서 아버지가
말했다.

"뭘요?"

"학교 말이다."

"이제 한 해 동안 해보고 싶은 거 해봤으니 내년엔 아뭇소
리말고 다시 학교로 돌아가거라. 아버지도 너를 믿고 보냈으니
니도 이제 아버지를 믿게 해야지."

어머니까지 나서서 그렇게 말했다.

"싫어요. 그럴 거면 애초 나서지도 않았지요."

"돈만 가지고 사는 세상이 아니다."

"나는 그거 가지고 살래요."

"내가 참 니를 망하게도 키운다."

"걱정 마세요. 저, 그만 올라가봐야 해요."

"오늘은 여기서 쉬고 가지."

"잔금 받았으니 흥정할 때 도와준 사람 인사도 해야 하고
요."

"니 거기 가서 술도 하고 그러나?"

"안 해요. 다방에서 만나 애 과자값이라도 주려고 그러지."

"잘한다. 나이도 어린 게 벌써부터 그런 데나 출입하고."

"지난번 계약할 때에도 봤지만 일하자면 어쩔 수가 없어요. 흥정을 해도 그런 데서 하고 품을 사더라도 그런 데 나가서 알아봐야지."

"그런데 책은 읽고 있나? 전에 가져간 거 다."

"요즘 바빠서 그렇지 틈틈이 읽어요. 이제 배추밭 끝냈으니 더 많이 읽을 거구요."

확실히 오토바이라는 게 좋긴 좋았다. 마당에서 시동을 걸고 잠깐이면 대관령에 가 닿았다. 다방에 돼지 아빠가 나와 있었다. 나는 며칠 전에 잔금을 받으면 한판 걸게 사겠다는 약속대로 돼지 아빠를 데리고 술집에 갔다. 그날 참 많은 것을 배웠다. 돼지 아빠가 한복을 벗고 속치마바람으로 옆에 앉은 색시 가슴을 손가락으로 당기고 백원짜리 몇 장(적은 돈이 아니다. 어른들 하루 품삯이니까) 찔러 넣어주면 나도 백원짜리 몇 장 옆의 색시 가슴에 찔러 넣어주었다. 안주도 고급으로만 들어왔다. 그러다 노래 한자락 끝나면 다시 백원짜리 하나 술에 묻혀 돼지 아빠가 하는 대로 색시의 이마거나 목덜미에 붙여버렸다. 그러면서 나는 이제 내가 더 이상 아이가 아닌 어른이라고 생각했다. 옆에 앉은 색시도(암만 어리게 보아도 나보다 다섯 살은 더 많지 싶은) 내가 담배를 꺼내물면 잽싸게 성냥을 그어올렸다. 나이로는 아직 어린 내 몸에 술이 먹으면 먹는 대로 잘 받는 것은 아니지만 일꾼들을 데리고 일하는 밭에서도, 또 돼지 아빠를 따라간 술집에서도 먹어버릇해서 아주 안 받는 것도 아니었다. 옷을 벗은 여자의 맨살을 처음 본 것도 그날이었다. 나도 취하고 나보다 술을 두 배는 더 마신 돼지 아빠도 취하고 옆에 앉은 색시들도 얼굴이 발갛게 되었을 때 돼지 아빠는 자기 옆에 앉은 색시에게 색시가 입고 있는 속치마(가슴까지 올라오는 원피스형의) 어깨끈에서 색시의 팔을 빼게 했다. 그렇게 해도 여자는 이제 수줍어하지도 않았다.

"야, 정수. 니 이런 거 봤나?"

그 말에 오히려 내가 부끄러워지고 말았다.

"야가 오늘 이런 거 처음 보는 모양이네. 뭐 하나, 옆에 앉아서. 니도 내려달라고 하지 않고."

그러나 차마 그것만은 내 손으로 할 수 없던 것이었다. 색시 스스로 팔을 뺐지만 그때부터는 정말 정신이 없어 어디에 눈을 두어야 할지 몰랐다. 돼지 아빠처럼 색시의 맨살이며 몸 아래로 함부로 손을 넣을 수도 없는 일이었다. 나중에 오히려 색시의 손이 내게 다가오는 것도 내가 완강히 그것을 차단하곤 했다. 내 몸의 아래가 딱딱하게 굳어지며 달라져가고 있는 걸 들 킨다면 그때야말로 정말 내가 부끄러워지고 말 것 같았다. 머 릿속이 다 윙윙거리는 것 같았다. 마음으로는 아무리 어른이라 고 말해도 그런 점에서는 아직 어쩔 수 없는 아이였던 것이다.

"아저씨, 저 이만 먼저 갈게요. 아저씨는 더 있다가 들어오 시고요."

"왜?"

"강릉에 갔다가 집에서 밥을 잘못 먹은 것 같은 게 영 속이 안 좋아서요. 자꾸 눕고만 싶고."

"그럼 여기서 자고 가. 이 집 빈방도 있을 텐데."

"그래. 자고 가, 응."

색시도 함께 나서서 그랬다.

"아니에요. 바람도 쐬고."

나는 붙잡는 색시를 억지로 밀쳐두고 방에서 나와 술값을 계산하고, 돼지 아빠에게 따로 천원짜리 두 장을 뒷주머니에 찔러 넣어주었다. 서둘러 한복을 꿰어입은 색시가 문밖까지 따 라나왔다.

"어디 갈 건데?"

"집에."

"여기서 자고 가지."

"그러려고 했는데 속이 안 좋아서 그래."

"그러면 집에 나 데리고 가. 가도 혼자라면서."

"그럴 거면 여기서 자지."

"그러니까, 응. 저쪽은 둘인데 나는 있어봐야 혼자잖아. 이제 저 방에 들어갈 수도 없고."

"동네 소문나 임마. 너 뒤에 태우고 다니면."

"그럼 그러지 말고 우리 다른 방에 가. 내가 잘해줄게, 응."

이것 때문이지 싶어 나는 천원짜리 한 장을 꺼내 여자의 가슴에 넣어주고, 문밖에 세워둔 오토바이에 올라탔다.

"나, 니가 왜 가는지 알아."

"왜 가는데?"

"그런 거 처음이라 겁먹고 그런 거지? 여자하고 자는 거."

"씨팔, 몸이 안 좋아서 그런다니까. 말을 듣나 먹나."

"욕도 잘하네."

"못할 게 뭐가 있어서. 나도 어른인데."

"그럼 다음에 아무때고 와. 그땐 술 안 마셔도 내가 그냥 멋있게 해줄게. 너 처음인 것도 떼어주고."

"좆 까는 소리 말고 들어가. 나 그만 가봐야 하니까."

시동을 걸고 집까지 오는 동안 술 때문만도 아니게 오토바이도 몸과 함께 휘청거리는 것 같았다. 몸이 먼저 신호를 보내는 어떤 강한 아쉬움이나 후회처럼 집으로 오지 말고 그곳에 있을 걸 그랬나 싶은 생각도 들었지만 돼지 아빠와 함께 그럴 수는 없는 일이었다. 오토바이를 마당에 세워놓고 방으로 들어가기 무섭게 불도 켜지 않은 어두운 방에서 나는 청바지의 지퍼를 내리고 '어느 날 나는 친구집에 놀러 갔다'를 했다. 처음 눈앞에 어른거리던 것은 아까 내 옆에 가슴을 열고 앉아 자기 손으로 팬티의 고무줄을 늘려 그곳을 보여주던 여자의 가슴과 석탄처럼 검게 빛나던 그곳이었지만 결정적인 순간 내게로 입술을 내밀어오는 사람은 그 여자가 아닌 승태 누나였다. 그러고 보니 그 누나를 본 지도 참 오래된 것 같았다.

감자밭에 약을 치고, 이제 며칠 동안은 일이 없겠다 싶은 어느 날 학교로 승태를 만나러 갔다. 수위에게는 1학년 때 담임 선생의 이름을 대고 교무실로 심부름을 간다고 말했다. 점심 시간이 지난 다음 5교시 수업중이었다. 20분쯤 밖에서 기다려 교실 밖으로 나오는 아이에게 부탁하여 승태를 불렀다. 나는 승태가 보는 앞에서 일부러 오토바이의 후까시를 팍팍 넣어보였다.

"우와, 니 꺼나?"

"그럼 임마."

"얼마 줬나?"

"니 팔아도 못 사 임마. 25만원."

"씨팔, 그러니까 되게 폼난다. 크리스 밋첨 같은 게. 청바지 입고 라이방 쓰고 오토바이 타고 하니까 말이지. 머리도 완전 장발이고."

"그게 뭔데?"

"니 대관령에 가 있느라고 아직 못 본 모양이구나. 지금 신 영극장에서 하고 있는데. "썸머타임 킬러"라고. 그 영화 보면 죽이거든. 니처럼 완전 장발에 청바지 입고 라이방 쓰고 오토 바이 타고 말이지."

"몇 시간 남았나?"

"두 시간. 그런데 씨팔, 지난주 나 신체검사 받았다."

"학교에서?"

"아니. 군대 가는 거."

"벌써?"

그러나 벌써가 아니었다. 나야 아직이지만 승태는 중학교 들어올 때 이미 몇 해를 꿀어 그럴 나이가 된 것이었다.

"그렇다니까. 거짓말이 아니라."

"그래도 벌써 그런 거 받으면 어떻게 하는데. 그거 원래 스물한 살 때 나오는 거 아닌가? 스물두 살 때 영장 나오고."

"나 그동안 느들보다 나이 더 먹어서 학교 다니는 게 쪽팔려 얘기를 안했지만, 초등학교 때부터 한 번 꿇어서 아홉 살에 들어갔거든. 지금은 몸이 좋아도 그땐 병치레 자주 해가지고 말이지. 우리 어머이말로 경기도 자주 했다 그러고."

그렇다면 나보다 네 살이 많은 것이었다. 중학교 2학년 때 처음 승태 집에 갔을 때 승태 누나가 내가 열다섯 살이라고 말했는데도 "그럼 우리 승태보다 세 살 어리구나" 했던 말이 바로 그것이었다.

"뭘로 가는데?"

"방위로. 씨팔, 요즘은 방위가 해병대보다 더 군기가 세다는데."

"그럼 술 한잔 먹어야겠네, 오늘."

"지금?"

"수업 긋고 나와라. 내가 멋진 데 가서 니 술 한잔 받아줄 테니까. 여자 나오는 데 가서."

"그런데 다음 시간 호마이카(이마가 벗겨져 번들번들한 부기

186

선생)는 출석을 안 부르지만 마지막 시간 수학선생은 꼭 출석을 부르거든. 공부 가르치기 싫어서 그러는지 출석 부르는 것만도 10분이다. 얼굴 하나하나 검사해가면서. 성질도 더럽고."

"누군데?"

"니는 얘기해도 몰라. 다른 데서 새로 온 꼰대라서."

"그럼 나보고 밖에서 두 시간 기다리라고?"

"영화 보고 있으면 되잖아. 신영극장에 가서."

"혼자 무슨 재미로. 그런 건 옆에 지즈바 하나 달고 봐야지."

"정말 여자 나오는 술집 갈 거나?"

"그래 임마. 니 신체검사 받은 거 기념으로 한판 붙여줄 거라니까."

"낮부터?"

"낮이면 어때? 그래야 니도 저녁때 술 깨서 집에 가지."

"그럼 니 오토바이 타고 이 뒤에 담 쪽으로 와라. 다음 수업 시작하자면 아직 3분 남았으니까 그동안 내가 무슨 수를 내볼 테니. 나중에 산수갑산(전에도 한번 삼수라고 가르쳐줘도 늘)을 가더라도 씨팔."

승태는 수업 시작 사이렌이 울리고 나서 1분쯤 있다가 변소 뒷담을 넘어왔다.

"가방은?"

"교단 밑에 감춰놓고 왔다. 술집에 가는 데 들고 갈 수 없어서."

"옆구리에 낀 건 뭔데?"

"응, 이거. 우리반 출석부."

"그건 왜?"

"그래야 수학선생이 출석을 못 부르지, 이게 없어야."

"그럼 그것도 가방하고 같이 감춰놓고 와야지, 임마."

"그럴 시간이 있나. 교무실에 가서 선생들 몰래 꺼내가지고 바로 오는 길인데."

"그래도 그렇지 새끼야."

"괜찮아. 신문지 한 장 얻어 싸들고 다니면. 내일 아침에도 선생들 나오기 전에 일찍 신문지에 싸들고 가서 교무실에 갖다 놓으면 즈들이 알 게 뭐야."

하여간 강적 중의 강적이었다. 교실에 빈자리가 있으면 선생들이 아니까 책상하고 걸상도 아이들에게 수업종 울리기 전에 목공실에 갖다놓으라고 시켰다고 했다. 가끔씩 맹해보여도 나름대로 쓸 머리는 다 쓴다는 얘기였다.

"그럼 옆에 끼지 말고 뒷자리에 깔고 앉아."

188

그래서 가다가 옷가게에 들러 청바지와 티셔츠 한 벌을 샀다. 그렇잖아도 승태에게 전부터 괜찮은 청바지 하나를 사주고 싶었다. 승태가 그걸 갈아입는 동안 신문지 몇 장을 얻어 옷가게 주인 모르게 출석부를 싸고, 승태가 벗어들고 나온 교복도 따로 신문지에 말아 종이백에 넣었다.

"그래도 학생인 줄 알아보지 않을까. 내가 머리를 박박 깎아서."

"괜찮아 그건. 니 내일모레 군대 간다면 되니까. 그래서 송별식하러 왔다고."

"그래. 나 신체검사도 받고 했으니까. 그런데 정수야."

"왜 또 임마."

"거기 가서 나 방위 간다고 말하지는 마. 그러면 나도 쪽팔리지만 니도 쪽팔리니까. 해병대 지원해서 간다고 그래."

"그런데 지금 어디로 가는데?"

"이공오(205)번지. 성남동."

강릉에 그런 이름의 유곽이 있었다. 술집 이름이 205번지인 게 아니라 그곳의 205번지 일대가 전부 술집이라고 했다. 승태에게 큰소리를 빵빵 치기는 했지만 나도 처음 가보는 것이었다. 그러나 그곳이라고 해서 횡계의 술집과 무엇이 다르랴 싶었다. 돼지 아빠에게 실습을 통해 배운 것도 있고, 또 205번지에 대해 들은 말도 있었다. 지난번엔 돼지 아빠 앞이라 그러고 싶어도 내 마음대로 하지 못했지만 승태하고 가면 돼지 아빠가 내 앞에서 했던 것을 그대로 승태 앞에 시범을 보이듯 할 수 있을 것 같았다. 그러고 보니 굳이 학교를 찾아가 승태에게 술을 사주겠다고 한 것도 그때 대관령에서 내 마음대로 그러지 못한 어떤 아쉬움이 진하게 남아 있어서였던 것 같았다.

"성남동은 안돼."

"왜?"

"우리 엄마가 그 동네에 가게 하나 냈단 말이야. 거기 시장 골목에."

"술집?"

"새끼, 말을 해도. 이불집 임마."

"그럼 용강동으로 가자. 거긴 205번지보다 색시들 모지방(얼굴)이 좀 후지다는데."

그래서 방향을 틀어 그곳에 가 오토바이를 마당에 들여놓을 수 있는 '정든집' 안으로 들어갔다. 시동을 건 채로 오토바이를 끌고 들어가자 그 소리에 여자들 몇이 밖으로 나왔다.

"조용한 방 있지?"

일부러 나이 많은 여자를 골라 찍자를 붙이듯 물었다.

"있기는 한데……"

우리가 어려보인다는 얘기일 것이다. 나이가 스물쯤 된 것 같은 하나는 학생처럼 머리를 박박 깎았고, 사회인처럼 장발을 하고 라이방을 쓴 건 행색이나 타고 온 오토바이와 어울리지 않게 앳돼보여도 너무 앳돼보인다는 게 우리를 바라보는 여자들 얼굴에 그대로 씌어 있었다. 방문을 열고 이쪽을 바라보는 눈가에 호기심을 반짝이는 여자도 있었다. 이럴 때 기가 죽으면 안되는 것이었다. 여자들에게도 그랬고, 승태에게도 그랬다.

"어느 방이야? 내일모레 군에 가는 친구 송별식하러 왔는데."

"호호…… 도련님들이야."

안에서 한 여자가 말했다.

방에 들어가 나는 들어온 색시들을 내보내고 주인 여자를 불렀다. 승태가 신문에 싼 출석부와 종이백을 든 채 놀랍다는 얼굴로 나를 바라보았다.

"앉어 임마. 섰지 말고."

"술집이라는 데가 이런 데구나……."

"그런 말 지즈바들 들어온 다음엔 하지 말고. 촌놈으로 아니까. 어디서 왔냐고 묻거든 주문진에서 왔다고 그래."

"아, 알았어."

잠시 후 다른 색시들처럼 한복을 차려입은 나이 마흔쯤 되어 보이는 주인 여자가 방으로 들어왔다. 그 여자도 별일이라는 눈으로 우리를 바라보며 내게 무얼 시키겠느냐고 물었다. 그때까지도 나는 라이방을 벗지 않고 있었다. 그걸 벗으면 어린 티가 더 드러날 것이었다.

"이 친구가 아홉시 밤기차로 논산으로 떠나야 하니까, 한 상 잘 차려내와요. 그리고 색시 얘긴데, 이 친구는 스물한 살이고, 나는 스무 살밖에 안됐으니까 이 집에서 제일 나이 적은 여자 넣어주고요. 나이 많은 할망구들이 들어오면 우리 그냥 나가버릴 거니까."

"그래도 손님들보다 누나들일 텐데 뭐."

"술집에 누나가 어디 있어? 대충 물오르면 됐지."

주인 여자가 나가자 여전히 벙쪄 있는 얼굴로 승태가 말했다.

"야, 새끼야. 해병대는 논산이 아니야."

"그럼 공수부대라고 해 임마."

"니 이런 데 정말 많이 다녀봤구나. 여기는 전에 대관령에서 우리가 갔던 술집들하고는 다른데."

"지금 네시니까 여덟시쯤 나가면 될 거다. 너 이따가 집에도 들어가야 하니까 지즈바들이 주면 주는 대로 너무 많이 마시지 말고."

"알았어."

그 사이 한복을 입은 여자들이 오고, 잠시 후 안주를 가득 얹은 술상이 나왔다.

"자, 술상 나왔으니까 일어서들 정식으로 인사해봐."

나는 두 여자에게 차례로 인사를 시켰다. 여자들은 장난 반 웃으며 일어서서 우리에게 큰절로 인사를 했다. 그제서야 나는 라이방을 벗었다.

"그러니까 더 어려보인다."

그러면서 내 옆의 여자가 술을 따랐다. 승태 옆의 여자도 승태에게 술을 따랐다.

"느들 나이 먹은 생각은 안 하고?"

"몇 살인데?"

"인 친구는 스물하나, 나는 스물. 나도 내년에 군에 갈 거야. 이 친구는 공수부대지만 나는 해병대로."

"그래도 너무 어려보인다. 이 아저씨는 정말 스물하나 같은데 자기는 열일곱 살이나 열여덟 살 같아."

"야, 열여덟 살짜리가 저런 오토바이 끌고 술집에 오는 거 봤어? 학교 다니지."

"그러니까 이상하다는 거지. 나이는 분명 그렇게밖에 안 보이는데."

넷이서 마시는 맥주 열 병쯤이 없어지자 금방 분위기가 좋아졌다. 나도 아까처럼 일부러 후까시를 넣을 필요가 없었다. 우리도 여자들을 보고 야, 자, 했고, 여자들도 우리보고 야, 자, 했다. 나이를 더 먹어서 그렇나, 그동안 술을 마셔도 내가 더 마셨을 텐데 막상 같이 앉아 병을 비우자 승태가 나보다 확실히 술이 센 것 같았다. 나는 벌써 얼굴이 달아오르는데 승태는 아직 마신 티도 나지 않았다.

"오늘 우리 무조건 재미있게 노는 거야. 오늘 이 친구 군에 가는 거 송별식하며. 나중에 팁 계산은 느들 노는 거 봐서 할 거니까."

그리고 나는 대관령에서 돼지 아빠에게서 배운 것을 우리 옆에 앉은 두 여자들에게 했다. 지난번에 하지 못한 것들도 하고 싶었지만, 승태에게도 그동안 내가 놀았던 물이 아이들의 세계가 아니라 어른들의 세계라는 것을 보여주고 싶었던 것이다. 손가락으로 여자들의 한복 가슴 앞을 당겨 거기에 돈도 꽂

194

고, 또 이마에 그것을 붙여주기도 했다.

"덥지? 너희들."

"벗으라고?"

"알면서 뭘 물어? 눈치는 빨라가지고."

"벗으면 우리한테 뭘 해줄 건데?"

"그건 봐야 알지. 벗는 꼴들하고 노는 꼴들을."

"그럼 위에 저고리하고 치마만 벗을게. 대신 속엣것은 벗으라고 하지 마."

"느 집 변호사 하나? 말 되게 많네, 정말. 벗으라면 얼른 얼른 벗지."

"그런데, 자기는 뭐 하는 사람이야?"

"깡패다, 왜?"

"그러지 말고 정말로 말해봐."

"이 친구 대관령에서 농사지어. 거기 땅이 수십만 평이야."

"정말? 밖에 있는 오토바이도 비싼 거 같던데."

"느 둘 팔아도 못 사 임마."

"좋겠다. 아까 들어올 때에도 알아봤어. 그런 집 아들 같다는 거."

"웃기는 소리 말고, 노래들 한번씩 해봐. 두드려 가며."

그런 식으로 일곱시까지 놀았다. 중간에 안주도 몇 번 더 나오고(얘기는 많이 들었다. 주방은 안주 공장이고, 매미들 아가리는 안주 아궁이라고) 술도 여러 병 더 나왔다.

"이제 기차 시간이 돼가는데, 군에 가는 친구 연애 안 시켜주고 그냥 보낼 거야?"

내 옆의 여자가 가슴을 드러내놓은 채로 내게 물었다. 아무리 봐도 스물두세 살은 더 먹어보였다. 승태 옆에 앉은 여자도 마찬가지였다. 우리가 여자들을 데리고 노는 것이 아니라 여자들이 우리를 가지고 놀았다. 어쨌거나 기분이 좋았다. 우리는 이미 어떤 모험처럼 옆에 앉은 여자들의 속살까지 구경한 참이었다. 돼지 아빠 앞에서처럼 눈치볼 필요가 없는 여기서야말로 나는 왕이고 또 어른인 것이었다.

"니가 시켜줘, 그럼."

"왜 내가 시켜줘?"

"그럼 밖에서 또 한 년 불러와서 시켜?"

"시켜주는 건 자기가 하고 옆에 앉은 사람이 해주면 되지."

"여기서?"

처음엔 호기롭게 나갔지만 거기서부터 나는 다시 애초의 초짜로 되돌아왔다. 승태는 그런 경험이라도 있다지만 나는 지난번 돼지 아빠 앞에서도 경험이 없는 게 두려워 그냥 뒤로 물러서고 말았다.

"알면서 왜 그래? 각자 다른 방에 가서."

"말해. 그냥은 안 할 테고 얼마 주면 되는지."

"주인 아줌마한테 매상도 올려줄 만큼 올려줬으니까, 기분 좋게 우리 천원씩만 더 줘. 아까 팁도 받을 만큼 받았으니까, 응."

나는 뒷주머니에서 지갑을 꺼내 승태 옆에 앉은 여자에게 5 백원짜리 두 장을 내주었다. 여자가 고맙다고 인사를 하며 벗어놓은 옷을 챙겨든 다음 승태를 데리고 방 뒤쪽으로 붙은 문을 열고 나갔다.

"나는 안 줘?"

둘이 남자 내 옆에 앉은 여자가 말했다.

"나는 군에 안 가잖아."

"군에 안 가면 뭐 연애도 못해?"

"여기서? 상도 그냥 두고……."

"그거야 한쪽으로 치우면 되지. 벽장에서 요 내려다 깔고."

나는 내 옆에 앉았던 여자에게도 한쪽 어깨에 걸린 속치마 끈에 천원을 넣어주었다. 그러면서 이제 삼팔선을 넘듯 마지막으로 남은 어른의 선을 넘는구나 생각했다.

　그러나 차마 그 뒤는 더 이상 말하고 싶지 않다. 여자가 상을 치우고, 벽장 문을 열어 요를 내려 깔고, 자신의 속치마의 어깨 끈을 풀 때까지만 해도 이제까지 경험해보지 못한 몸과 마음으로의 어른세계에 대한 적당한 두려움과 적당한 설레임, 적당한 흥분 같은 것이 있었다. 그러나 참으로, 아니, 참으로가 아니라 그 어떤 말로도 그것을 다 설명할 수 없을 만큼 그 뒤 끝은 열 배의 두려움과 열 배의 어둠보다 더 허망하고도 허망하던 어른의 선이었다. 지난 겨울, 어른 앞에서 책과 책가방, 교복을 불사지를 때보다 더 크고 깊은 죄의식이 내 가슴 밑바닥으로부터 스며들며 슬픔의 강을 이루던 것이었다. 내 살에 닿아 있는 여자의 몸조차 벌레의 그것처럼 보이던 것이었다. 나는 거칠게 여자의 몸을 밀어냈다.

　"왜 그래, 응?"

　"야, 이 손 놔. 내 몸에 손대지 말고."

　"왜 그러는데? 잘하고 나서."

　"씨팔, 내 몸 건들지 말라니까."

　다른 방에 승태가 있는 건 생각하지도 않고 바로 그 집을 나와 오토바이를 몰고 경포대로 달렸다. 그러면서 지난 늦봄

피고름이 흐르는 어깨로 물지게를 져나르면서도 흘리지 않던 눈물을 그곳 바다에 와서 흘렸다. 그런 아들에게 실망할 아버지 어머니에게 죄송하고, 내 마음의 첫사랑과도 같은 승태 누나에게도 미안했다.

그것은 그렇게 함부로 허망하게 던져버리는 것이 아니었다.

나는 참 나빴다.

열일곱 살의 나쁜 아이였다.

13

누나야, 누나야

어쩌면 처음 대관령을 떠나올 때 아버지와 한 두번째 약속
(책을 읽겠다는)을 비록 늦게 실천에 옮기기는 했지만 애초에
했던 약속보다 더 많이 더 착실하게 지킬 수 있었던 것도 그
어른세계의 허망한 죄의식을 내 가슴에서 지워버리고 싶었던
또 다른 형태의 조급함 때문이었는지 모른다.

한동안 승태에게 전화도 하지 못했고, 집으로 찾아가지도
못했다. 내가 연락을 하지 않자 승태도 내게 연락을 하지 않았
다(하려면 초원다방을 통해서 할 수가 있었을 텐데). 추석 무렵 감
자 수확까지 끝낸 다음 나는 대관령에 두었던 책들을 강릉으
로 가져왔다. 아버지가 골라주어 집에서 가져갔던 책들도 많았
지만 그 여름 이후, 내가 강릉을 오가며 서점에서 사들고 올라
간 책들도 많았다.

"다 본 것들이나? 이건."

"예."

"그냥 애비 보라고 일부러 사놓은 것들이 아니고?"

"아니에요. 다 본 것들이에요."

"그런데도 내년에 또 대관령으로 올라가고 싶나?"

"예. 더 잘해보고 싶어요. 책도 더 많이 읽고."

"겨울 날 때까지 열심히 읽어. 책 읽는 것도 큰 공부니까."

승태의 소식은 나중에 우추리에서 같은 학교를 다니는 다른 아이를 통해서 들었다. 그때 우리가 용강동 '정든집'에 갔을 때 승태가 그 방으로 다시 가 교복이 든 종이백만 들고 나와 부근 어디에서 옷을 갈아입고 집으로 들어간 모양이었다. 수업 시간을 까먹은 건 다행히 걸리지 않았지만, 그때 없어진 출석부 때문에 학교 전체가 발칵 뒤집혔다고 했다. 그도 그럴 것이 학교 교무실에 있어야 할 출석부가 용강동의 어느 술집에서 나와 술집 주인이 학교로 전화를 해주어 다시 찾게 되었다는 것이었다.

"생각해봐라. 고등학교 출석부가 술집에 가 있다니 이상하나, 안 이상하나?"

"그게 거기 왜 갔는데?"

"모르지 그거야. 그걸 찾으러 가니 술집 주인이 선생님한테 그러더래. 내일 군대 가는 사람 하나가 그걸 들고 와서 술 마셨다고. 친구하고."

"그 사람들이 그걸 왜 들고 가?"

"그러니까 귀신들이 곡할 노릇이라는 거지. 선생님들 말로는 우리 학교 졸업생 중에 누가 그 반 담임선생한테 앙심을 품고 그걸 훔쳐가지고 가서 거기에 갖다났다는 거야. 그렇잖으면 그게 거기에 가 있을 일이 없으니까. 그게 만약 소문나서 도에서고 문교부에서고 학교 출석부가 술집에 가 있었다는 걸 알아봐라. 담임선생에서부터 교감 교장 다 꼬질대가 날아가는 거지. 안 그렇겠나?"

내게 그걸 말해주던 친구도 네가 학교를 그만둔 사이 이런 일도 있었다, 하는 것을 말해주느라 그 얘기를 하던 것이었다. 아마 그래서 승태도 그동안 내게 아무 연락을 못했던 것인지 모른다. 시작이야 반장난이었지만 그거야말로 걸리기만 하면 그 자리에서 퇴학감인 것이었다. 출석부가 없어진 것도 그랬지만 거기 가서 색시들을 옆에 앉혀놓고 술을 마신 것도 학생으로선 용서받을 수 없는 일이었다. 지난 여름, 나이만 많지 순진하기 짝이 없는 승태를 데리고 내가 그런 엄청난 짓거리를 한 것이었다. 그 말을 듣고 나니 승태에게 미안해 더구나 연락을 할 수 없던 것이었다.

다음해 봄(이제 열여덟 살이 되었다) 나는 다시 차항의 그 5천 평의 밭과 가시머리의 2천 평의 밭을 얻었다. 그러나 지난해처럼 포트를 만드는 일에서부터 그것을 모종내는 일까지 어느 일에도 학교 아이들을 부르지 않았다. 포트를 만드는 일은 동네 부녀회에 저녁 부업으로 맡겼고, 온상을 만들고 그것을 관리해 모종을 내는 일은 돼지 아빠를 통하지 않고 내 능력으로 그때그때 일꾼을 사붙였다. 감자를 심는 일 역시 씨감자와 계분(퇴비용 닭똥)을 구입하는 일에서부터 그것을 심기까지 모든 품을 내가 나서서 사고, 일 감독도 내가 직접했다.

그러다 강릉에 일을 보러 왔다가 지난번에 출석부 얘기를 해준 친구로부터 승태가 휴학을 하고 지역 사단으로 방위 훈련을 갈 준비를 하고 있다는 얘기를 들었다. 그러자 작년처럼이 아니라 어디 좋은 음식점에 가서 고기도 사주고, 술도 한잔 사주며 그때 승태 혼자 마음속으로 씨껍했을 일들에 대해 뒤늦게 위로해주어야겠다는 생각이 들었다. 생각하면 거의 1년 가까이 내가 너무 무심하게 승태를 대한 것이었다.

그러나 찾아갔을 때 승태는 집에 없었다. 그 어떤 버전처럼 친구는 없고 친구 누나만 혼자 집에 있는 것이었다.

"승태는요?"

"승태 훈련 들어갔어, 엊그제."

"몰랐어요. 알았으면 일찍 왔을 텐데."

"형은 제대해 왔어?"

"아직 석 달 남았어요."

"그래도 친구가 좋다. 이렇게 찾아와주고. 요즘 재미있는 모양이네? 학교 그만뒀다는 얘기는 들었는데. 머리도 아주 길고. 단속 안 해, 요즘은?"

"왜요, 하죠. 순경 보면 잽싸게 도망가는 거죠, 뭐. 오토바이가 있으니까. 승태가 있을 줄 알고 왔는데……."

"승태야 곧 올 건데 뭐. 훈련 기간도 길지 않고. 정수, 작년에 돈 많이 벌었다며?"

"아니에요. 조금요."

"정수는 여자 친구 있지?"

"없어요, 그런 거."

저렇게 물어도 누나는 모를 것이다. 내 마음속에 누나가 어떤 자리를 차지하고 있는지.

"있으면 신나겠다, 누군지. 그런 오토바이 뒤에 타고 경포 같은 데 드라이브하면."

"누나, 오토바이 타고 싶어요?"

"나는 탈 줄 모르니까 뒤에. 신나잖아, 그러면. 날씨도 좋고."

"나가요, 그러면. 제가 태워드릴게요. 승태 대신 경포 나가서 맛있는 것도 사드리고요."

"정말?"

"그럼요. 대관령에 가고 싶으면 대관령에 가도 좋고요. 제가 저녁때 모셔다드리면 되니까. 거기 제 밭도 보여드리고요."

"신나겠다. 그럼 잠시만 기다려. 나 금방 준비하고 나올게."

형과 같은 학년이니까 나보다 여섯 살이 많았다. 아니, 일곱 살일지 몰랐다. 형과 나는 생일이 빨라 일곱 살에 학교에 들어갔다. 여섯 살이라면 스물넷이었고, 일곱 살이라면 스물다섯이었다. 마당에 서 있는 것이긴 하지만 여자 혼자 옷을 갈아입는 집에 있을 수 없어 대문을 나오자 누나도 10분쯤 후 대문을 나와 문을 걸었다. 언제 봐도 파란 청바지에 빨간 반팔 티셔츠였다.

"누나는 청바지가 참 잘 어울려요."

"그래?"

누나는 모를 것이다. 중학교 2학년이던 열네 살 때부터 엉덩이에 꽉 끼도록 굴곡진 그 청바지가 얼마나 내 마음을 데우고, 또 울렁거리게 했는지. 그래서 승태에게 '어느 날 나는 친구집에 놀러 갔다'를 배운 다음 그때마다 내 눈앞에 어른거리던 '친구 누나'가 바로 승희 누나 자신이었다는 것을.

"예. 정말로요. 전에 그랬거든요, 제가. 이다음 여자 친구를 사귀면 꼭 누나 같은 여자를 사귀고 싶다고요."

"어머. 그럼 지금은?"

"지금도요."

"정수야, 너 그러니까 정말 귀엽다. 어린 게 큰 오토바이 타니까 의젓해 보이기도 하고."

누나가 오토바이에 올랐다. 처음엔 옆으로 앉으려고 했으나 내가 거긴 길이 안 좋으니까 바로 앉는 게 좋겠다고 말했다.

"아래, 발을 대는 데가 있죠?"

"여기?"

"예. 거기 발을 넣고 절 꼭 잡으세요."

대관령에서 품을 사서 일을 할 때, 커피를 나르느라 다방 여자들을 앉혀본 것말고는 그 자리에 앉았던 여자가 없었다. 오토바이를 처음 살 때에도 나는 승희 누나를 생각했다. 그때는

206

내 마음도 거칠어 어디 그런 가시나 하나 있어 뒤에 태우고 다니면 좋겠다고.

"정수 너 이렇게 여자들 여기에 태우고 다니지?"

"아니에요. 거짓말이 아니라 정말 누나가 처음이에요. 우리 엄마도 아직 여기에 안 태워봤어요."

"정말로 내가 처음이야?"

"예."

"대관령에 가면 사람들이 다 놀랄 거예요. 제가 누나를 태우고 온 걸 보면."

"놀라긴. 내가 나이가 많으니까 다들 누난 줄 알지."

"여자 친군 줄 알 수도 있죠. 거기 사람들은 다 내가 어른인 줄 알거든요. 내가 내 규모로 농사를 지으니까. 그리고 반대로 누나는 얼굴이 어려보이니까요."

"설마."

"출발하니까 꼭 잡아요."

그렇게 누나를 태워 대관령으로 올라왔다. 내 허리를 안은 누나의 가슴이, 비포장길을 달리며 오토바이가 출렁일 때마다 그 미세한 움직임과 부드러움이 내 몸에 전기처럼 전해지는 어떤 자극과는 또다른 설레임과 울렁거림으로 등에 느껴졌다.

그것은 이제까지 내가 경험하지 못한 형태의 아주 은밀한 그 무엇이었다. 대관령에 올라 그런 누나에게 올해에도 감자를 심은 가시머리의 밭을 보여주고, 처음 승태와 왔을 때 내 눈길을 확 잡아당겼던 빨간 지붕의 별장도 보여주었다.

"누나, 저 집 잘 봐둬요."

"왜?"

"그건 이따가 얘기할게요."

그리고 차항의 배추밭으로 왔다.

"이게 다 제 밭이에요. 여기서부터 저기까지요."

"넓다, 정말. 바다같이."

"이다음엔 더 크게 농사를 지을 거예요. 아까 봤던 별장 같은 집도 여기에 짓고."

"그럼 학교는?"

"……그것도 혼자 공부해가면서요. 지금도 하고 있거든요."

나는 아버지와 약속대로(그러나 이제는 그 약속 때문만은 아니게) 책을 읽고 있는 것을 공부라고 말했다.

"정수는 말이지. 내가 처음 볼 때부터 좀 달랐어. 우리 승태하고도 다르고, 다른 애들하고도 뭔가 다르고."

"좋은 말이에요?"

"그래. 승태도 내 동생이지만 전에 정수가 우리집에 올 때마다 정수 같은 동생이 하나 있었으면 참 좋겠다 그런 생각도 했었고."

"우리 형은요?"

"형?"

"예."

"처음 봤을 때는 내가 마음속으로 좋아했지. 그런데 지금은 아니야. 나는 가슴이 따뜻한 사람이 좋거든. 목석 같은 사람보다."

그곳에서 나는 고랭지 채소농사는 어떻게 짓는 것이며, 앞으로 여기서 이루고 싶은 내 꿈은 어떤 것인지, 그런 것들을 한없이 크게 부풀려 말하다가 지금 누나 옆에 가슴이 따뜻한 사람이 있느냐고 물었다.

"정수 눈엔 어때? 있어 보여?"

"모르겠어요."

"있으면 좋지. 나도 이제 나이가 있는데."

"누나."

"응."

"아니에요."

"왜?"

"막상 말하려니까 못하겠어요. 떨려서."

"괜찮아, 말해. 무슨 얘긴데?"

"얘기할게요, 그럼. 아까 우리 오다가 빨간 지붕을 한 별장을 봤잖아요."

"니가 여기에 짓고 싶다는 거?"

"예. 중학교 3학년 여름방학 때 처음 올라와 그걸 봤거든요. 그때 그걸 처음 보면서 누나 생각을 했어요."

"나를?"

"이다음 누나 같은 여자하고 그런 집에서 살았으면 참 좋겠다는 생각요."

"그럴 거야, 정수 너는."

"그리고 지금 여기 와서도 또 누나를 생각하는 게 있고요."

"어떤 건데?"

"화 안 내면 말할게요."

"왜 화를 내? 내가 정수한테. 정수를 얼마나 이뻐하는데."

"제가요, 누나 옆에 가슴이 따뜻한 사람이었으면 좋겠다는 생각요."

그 말을 하고 나는 누나를 바로 볼 수가 없어 멀리 능선을 넘어가는 배추밭의 끝을 바라보았다. 언젠가, 정말 언젠가 승희 누나에게 그 얘기를 하고 싶었다. 이곳엔 우리 두 사람말고는 아무도 없었다.

"정수야."

"예."

"너, 누나 좋아하니?"

"……많이요."

"감격스럽다. 내가 정수 그 말 가슴속에 간직할게. 정수도 오늘 내게 했던 말 영원히 잊지 말고. 우리는 거기까지야. 지금 정수가 한 말이 아름다운 건 정수가 지금 내게 한 말도 아름답지만, 그 말을 하는 정수의 나이가 아름답기 때문인 거야. 아마 스무 살만 지나가도 그 말이 스스로 아름답게 느껴지지 않을지도 몰라. 내 열여덟 살도 그랬거든. 선생님에게든 누구에게든, 어떤 때는 결혼한 선생님에게까지 내 가슴속에 품고 있던 생각들 다 아름다웠을 거야. 지금 정수도 그렇고. 그렇지만 스무 살이 넘어가면서 똑같은 생각도 어떤 것은 아름답지 않게 되어가는 것이 있어. 지나고 보면 정수 형에 대한 생각도 그랬고, 다른 생각도 그런 게 있었을 거고."

나는 눈이 가물가물한 배추밭의 능선만 바라보았다. 정말 누나가 그렇게 멋지게 말할지 몰랐다. 스무 살이 넘어 어느 한 순간에 이르면 우리 마음을 보는 눈도 그렇게 깊어지는 것인지 몰랐다. 누나는 내가 부끄럽지 않게, 그리고 먼저 한 내 고백이 부끄럽지 않게 따뜻하게 내 마음을 만져주고 있었던 것이다.

"정수야."

"……예."

"내가 손잡아줄까?"

나는 아직도 먼저 눈을 두고 있던 데를 바라보았고, 그런 내 곁으로 한 발 걸음을 옮겨 다가와 누나가 내 손을 잡았다.

"내가 아니라도 앞으로 정말 정수 마음에 아름다워질 사람이 있을 거야."

"…….'"

"이제 내려가자, 그만. 나 집에도 가야 하고."

나는 누나가 나보다 나이만 많지 나보다 더 어릴 거라고 생각했는데, 누나는 조금도 어리지 않았다. 어린 나를 달래고 있었다.

다시 강릉으로 올 때에도 빨간 지붕의 별장 앞을 지나왔다. 아까처럼 누나가 내 허리를 안았다. 그러나 누나는 아까 밭에서 한 말 그대로 내 가슴에 있었다. 나는 그 고백을 앞으로 잊지 않을 거라고 생각했다. 누나도 잊지 않을 것이다. 그러면서 그런 생각을 했다. 훗날 서른쯤 나이를 먹어, 또 마흔이나 쉰쯤 나이를 먹은 다음 오늘 이 시간을 다시 생각할 때 지금처럼 그때도 그것이 부끄럽거나 철없지 않고 아름답게 추억되었으면 좋겠다고.

14

19세

그해 배추농사는 지지난해 석중이 아저씨의 일을 도와주러
왔을 때처럼 그만그만했다. 크게 이익이 난 것도 없었고, 손해
를 본 것도 없었다. 감자농사는 같은 땅에 지난해보다 수확이
다섯 가마니 더 많았다.

그 수확을 마치고, 제일 처음 한 것이 강릉에 내려와 시내에
서부터 경포대까지 최고 속도로 달려보고 다시 시내로 들어와
오토바이를 팔아치운 것이었다.

그것으로 나는 다음해에 대한 내 뜻을 아버지에게 말했다.
아버지가 그러길 바라서가 아니라 나중에라도 다시 농사를 짓
더라도 어떤 일에도 다 때가 있는 것이 아닐까 하는 생각을 지
난 시간에 대한 두려움처럼 두번째 여름과 가을 사이에 했던
것이었다. 지난 초여름 내 오토바이 뒤에 타고 함께 대관령에

갔던 승태 누나도 나의 그런 생각을 도왔고, 그동안 아버지한 테 받은 숙제처럼, 그리고 나중엔 거기에 내가 더 깊이 빠져 한 권 두 권 읽기 시작해 커다란 서가 하나를 채우고 남을 정도에 이른 책들도 나의 그런 생각을 도와주었을 것이다. 형도 제대해 집에 와 있었다. 그러나 그 제갈 무후도 내가 그렇게 해주길 바라기는 했겠지만 이제는 지난번처럼 함부로 내 삶에 대해 무어라 말하지 않았다. 그 무렵 무엇보다 나를 우울하게 했던 것은 지난 이태 동안의 내 삶에 대한 내 스스로의 생각이었다. 왠지 그 기간 동안 내가 했던 것은 어른노릇이었던 것이 아니라 어른놀이였다는 생각이 자꾸만 내 가슴을 무겁게 하던 것이었다. 이런 상태로 다시 한 해가 지나고 또 한 해가 지나 스무 살이 된다고 해도, 아니 그보다 더 많은 시간이 흘러 서른이 되고 마흔이 된다 해도 그 일에 대해 어떤 후회거나 미련 같은 것이 남는다면 그때에도 내가 하는 짓은 여전히 어른노릇이 아니라 어른놀이일 것 같은 생각이 들던 것이었다. 지난해와 마찬가지로 이번 해에도 배추농사에서 큰돈을 만졌다 하더라도 지난 여름 어느 날 갑자기 들기 시작한 그 생각만은 변함없을 것 같았다. 같은 나이의 다른 아이들이 하지 못하고 있는 무언가를 내가 하고 있다는 것이 아니라 같은 나이의 다른 아

이들이 다하고 있는 어떤 것을 나만 하지 못하고 있다는 생각
이 뒤늦게야 어떤 후회거나 소외감처럼 조금씩 내 가슴에 스
며들어오던 것이었다.

오토바이를 팔았다고 했을 때, 그리고 그 돈을 남아 있는 통
장과 함께 고스란히 아버지 앞에 내놓았을 때 아버지는 이렇
게 말했다.

"그래. 그동안 니가 지은 건 농사가 아니다. 운이 좋아 남이
만지지 못한 돈을 만지긴 했어도 그거야 농사랄 것도 없이 노름
이고 장난인 거지. 너는 그걸로 무얼 벌었다고 생각했을지 모르
겠다만 더 크게 잃은 것도 있을 게다. 하지만 그냥 허송세월을
한 시간만은 아닐 게다. 그건 앞으로 니가 하기 나름인 게지."

"해도지도 내놓고요. 석중이 아저씨가 얻든 다른 사람이 얻
든 밭주인한테도 미리 말해놓고 내려왔어요. 내년엔 올라오지
않을 거라고요."

"그래. 늦기는 했지만 믿었다 애비는. 니 이렇게 제자리로
올줄."

그러나 전학은 가지 않을 거라고 말했다. 다시 학교로 돌아
가야 한다는 생각은 했지만, 여전히 대학에 가서 공부를 하는
것은 겁을 내고 있었다. 지난해 대관령으로 올 때의 내 생각이

성급했다는 것은 느꼈지만 그러나 아주 먼 훗날 그때를 다시 돌아봤을 때, 지난번 승희 누나와 함께 대관령에 왔던 일처럼 그 시기의 성급한 일탈 역시 내 성장의 한 과정으로 아름답게 추억되었으면 좋겠다고 생각했다.

머리는 차마 아까워 깎지 못했다. 그러다 해가 바뀌어 열아홉 살이 되고, 3월이 되어 입학식을 앞둔 전날 시내 이발소로 나가 그것을 깎아버렸다. 거울 속에, 그동안 장발 속에 덮여 있다가 하얗게 드러나는 귀밑과 목덜미를 조금은 낯선 기분으로 바라보았다.

이발사는 내게 군에 가느냐고 물었다.

나는 학교에 간다고 말했다.

첫날 그렇게 신입생처럼 새로 맞춘 교복을 입고, 새 책가방을 들고 학교에 갔다. 반 배정을 마치고 2학년 어느 교실에 가 자리에 가 앉자 뒤에 앉은, 나보다 더 덩치가 큰 중학교 후배가 팔꿈치를 툭툭 치며 이렇게 물었다.

"형, 여자들도 그거 할 때 남자들처럼 물 흘리고 그래요?"

그래, 그런 것이 궁금한 것이 열여덟이거나 열아홉인 것이다. 어릴 때 성급하게 꿈꾸어왔던 어른들의 세계에서 다시 차곡차곡 그런 것들까지 하나하나 밟아나가지 않으면 안 될 아이들의 세계로 돌아온 것이었다. 이태지만 참 먼길을 갔다가 다시 돌아왔다는 생각이 들었다.

"몰라, 임마."

"에이, 소문엔 학교 다니는 형들 데리고 매미집 다니고 다방 다니고 난리였다고 그러던데. 250시시 혼다 끌고 다니면서 째진 것들 다 조지고."

"그게 그렇게 궁금하면 느 어머이한테 가서 물어봐. 여자도 그거 할 때 물 흘리는지 안 흘리는지."

그게 내 19세의 신고식이었다.

이젠 정말 늘 푸르기만 해야 할…….

이 세상의 모든 아이들은 어른이 되기 전 우선 소년과 소녀로 자란다. 남자아이는 소년으로 자라고 여자아이는 소녀로 자라는 것이다. 그것은 선택이 아니라 태어나면서부터 우리에게 주어지는 운명이다. 소년이 되느냐, 소녀가 되느냐 하는 것 역시 우리의 선택이 아니다.

그런 운명 속에 어떤 영화의 제목처럼 소년은 소녀를 만난다. 소녀 역시 소년을 만난다. 실제로는 그런 만남이 없다 하더라도, 마음속으로 소년은 매일같이 소녀를, 소녀는 소년을 만나며 그들의 나이에 맞게 조금씩 상대에 대해 궁금해 하며, 또 그 궁금함을 알아가며 어른이 되어간다. 그들의 몸은 우리와 어떻게 다를까. 또 그들의 마음은 우리와 어떻게 다를까. 이 세상에 소년과 소녀들에게 그것보다 더 궁금한 일은 없을 것이다. 있다면, 혹은 나에겐 있었다고 말한다면 그것은 당신의 거짓말이다. 어떤 외부적 통제 아래 잠시 억누를 수는 있어도 마음속에 자신의 짝인 소년과 소녀가 없었던 시절이란 누구에게도 있을 수가 없는 것이다.

여기 오래도록 내 마음속에 있던 한 소년을 세상 밖으로 보낸다. 그는 왜 세상의 여자들에 대해 그토록 궁금한 것이 많았으며, 또 왜 그토록 빨리 어른이 되고 싶어 했는지. 13세의 아침에서 19세의 아침이 되기까지 그의 몸은 어떻게 성장하고 그의 마음은 또 어떻게 성장하였는지. 그리고 무엇이 그를 그토록 일찍 어른의 세계로 내몰았는지.

어떻게 보면 그는 다소 불량했던 그 시절의 내 모습일지도 모르겠다.

자, 이제 떠나라. 두려움 없이.
내 마음 안의 19세 소년.
내가 너에게 아픔과 슬픔조차 유쾌하게 말할 기운을 주겠다.
그리고 세상 끝에서 우리 다시 만나자.

2021년 어른이 된 내 집에서
이순원

220